卡夫卡谜题

张锐锋　著

GUANGXI NORMAL UNIVERSITY PRESS
广西师范大学出版社
·桂林·

图书在版编目（CIP）数据

卡夫卡谜题 / 张锐锋著．—桂林：广西师范大学出版社，2018.2
（极度文丛）
ISBN 978-7-5598-0530-0

Ⅰ．①卡… Ⅱ．①张… Ⅲ．①散文集—中国—当代 Ⅳ．①I267

中国版本图书馆 CIP 数据核字（2017）第 324808 号

卡夫卡谜题
KAFUKA MITI

张锐锋 著

广西师范大学出版社出版发行
（广西桂林市五里店路 9 号　邮政编码：541004
网址：http://www.bbtpress.com）
出版人：张艺兵
全国新华书店经销
湛江南华印务有限公司印刷
（广东省湛江市霞山区绿塘路 61 号　邮政编码：524002）
开本：880 mm × 1 230 mm　1/32
印张：9.25　　字数：150 千字
2018 年 2 月第 1 版　　2018 年 2 月第 1 次印刷
印数：0 001~8 000 册　　定价：49.80 元

弗兰兹·卡夫卡

奥地利人

最有影响力的德语小说家

西方现代派文学先驱者

创作风格被认定为表现主义

生活和创作的主要时期在第一次世界大战前后

对社会的陌生感、孤独感与恐惧感，成了他创作的永恒主题

卡夫卡的困境就是现代人的困境

卡夫卡生于奥匈帝国时期

捷克首都布拉格的一个犹太商人家庭

是家中长子，有三个妹妹，另有两个弟弟早夭

自幼爱好文学、戏剧

18 岁入布拉格大学，获法学博士学位

毕业后在一家保险公司任职

多次与人订婚，却终生未娶，41 岁因肺痨去世

某一个夜晚，通宵写出小说《判决》

从此建立了独特的卡夫卡风格

生前出版七本小说单行本和文集

死后

好友马克斯·博洛德违背他的遗言

为他整理遗稿

出版三部长篇小说

以及书信、日记，并为他立传

卡夫卡生前默默无闻，孤独地写作

随着时间的流逝，他的作品价值逐渐为人们所认识

在全世界，卡夫卡热，经久不衰

作品已成文学经典

自序

很多年前，我阅读了小说《变形记》和《在流放地》，卡夫卡细腻的想象和趣味盎然的叙事方式令我深感震惊。它既不是那种汪洋恣肆、泥沙俱下的荡气回肠之作，也不是条分缕析、逻辑清晰和学究气的迂腐之作，它充满了诡异、神奇、怪诞和不同寻常的想象力，其中若隐若现地闪耀着某种暗藏的光芒。

这些光芒究竟是什么东西发出的？你需要在卡夫卡的作品中仔细寻找。你会渐渐发现，你想要得到的，竟然埋藏得那么深，以至于很难找到。它是一件不寻常的礼物，你需要将这样包裹华美的礼物一层层打开，当你揭开最后一层的时候，已经看不清楚它究竟是什么了。这最小的事物中包含着的，可能是十分惊人的秘密。

卡夫卡从来不用简单的方式表达自己对世界的感受。他喜欢委婉和优雅地用某一个故事来讲述。一些小说家曾经惊叹，故事已经讲完了。但是，卡夫卡发现每一个故事都不可能讲完，因为每一个即使是最简单的故事，也可以永远讲下去——它包含着不可穷尽的启示。从本质上说，每一个故事都是寓言，它给我们的结论不可能只有一个。

你只要看到事实的一个侧面，它就必定存在另一个侧面。当你发现了一个隐蔽的侧面时，你就会获得自己的另一个影子。卡夫卡之所以选择了如此复杂，甚至烦琐的方式，可能是他认为很多感受和思考，不可能被几个枯燥的概念说出，它不可能被概括，也不可能被简化。因而这是唯一适当的方式——它实际上被表现为一个个谜题，让我们在迷雾中穿行，小心地看着前面令人迷惑的一条条岔路。其中的一条，通往我们自己。

我陆续阅读卡夫卡的各种作品，包括他的书信和日记。有时也做一些凌乱的笔记。我是一个树林里的打柴人，将收集的柴火堆放在一起，并在带着斑点的一片阳光里捆紧了我的柴捆。我知道，冬天用来取暖的火焰就藏在这些枝条不太规则的形象里。

目 录

春无踪迹谁知
除非问取黄鹂
百啭无人能解
因风飞过蔷薇

——黄庭坚

1. 榆树

在童年时代，我曾坐在屋前的台阶上观察一棵榆树的变化。一些无意之间的发现，令人震惊。经过漫漫长冬，寒春来到的时候，树上的白雪还没有完全消融，一些高处的树杈上，若隐若现之间残留了一层发亮的东西，好像打开的烟盒露出的锡箔纸的反光。每一天似乎都一样，仍然是冷风在密集的树枝之间穿越，发出飒飒的声响，就像武打电影中武林高手在空中飞舞的余音，轻盈的脚步仅仅踏着清风，仿佛暗中长上了翅膀。我想，从树枝之间穿过的一定不会是空洞的风，而是不断有一种实体、一种看不见的形象，匆忙地赶赴一场盛宴。不然，树木为什么总是沙沙沙地作响，并且摇动不停?

一个是看得见的世界，另一个是看不见的世界。这两个世界好像重叠在一起，互相扰动。乌鸦穿着黑色的夜礼服，神色严峻地出现了，麻雀们不断从树的低端俯冲到地上，似乎找到了什么，一边东张西望地搜寻，一边用褐色的短喙啄食着什么。或者，它暗示着这并不是一个饥饿的年代，地上从来都拥有吃不完的口粮。可在我看来，地上什么也没有，它们来得太早了，无论什么地方，都没有事情可做。

院墙后面的几棵榆树，不论怎样摇动，也不会挪动地方。它们的生活实际上处于静止状态，好像用这种方式和永恒对峙。有那么一刻，一只麻雀一直跳到我的面前，突然站住了。它发现了我，发现了一个孩子一动不动地坐在屋檐下看着什么。它的眼睛盯住我，就像我拿走了它的什么东西。我感到细小的光线从两只小小的眼睛中直射出来，让我在寒风中感到一点点儿温暖。它要做什么？或者，它突然想到了什么，想要对我说出来。

可是它什么也没说，只是呆呆地站在那儿。它的背后有一个巨大的背景，一堵土墙和高出土墙的几棵大榆树。风仍然吹着，大树轻轻晃动。小小的麻雀身上的羽毛有时被吹得立起，背后的力量几乎要将它推动了。在那一瞬间，我看到它的眼睛微微转动了一下。整个背景变得模糊了——也许是榆树的晃动搅动了视线，也许是面前小小的眼睛代表了某种意志，也许是世界的晃动使得万物都突然静止了，万物一体的永恒在两束细细的孤独的光线照耀下，突然闪现，时空苍茫。

2. 朋友

一个美洲小说家在阅读英国诗人布朗宁在1986年发表的长诗《疑虑》时，从中发现了难以理解的谜题。一个人有一位朋友，也可能是觉得有这样一位朋友，但一直未能见面。他们之间毫无交往，只是在别人那里获得关于这个朋友的一些高尚的传说，并阅读过他的亲笔信件。有人对这个人的行为提出怀疑，笔迹专家检验了信件，得出了这些信件乃是伪造的结论。这个人的存在就成为谜团——诗的结尾问道：难道这位朋友是上帝？

一些人从来都生活在传说中，但传说并非虚幻。奥地利作家穆齐尔写过一篇名叫《棺材盖》的短文，记叙了他的一次偶然的发现。在罗马平秋山丘深处的一个地方，灌木丛中露天停放着两个由不太贵重的石材制作的棺材盖。棺材盖上纵向雕刻着一对夫妇，这是这对夫妇为了最后的纪念让人雕刻的。穆齐尔认为，人们在罗马可以看到很多这样的棺材盖，在任何博物馆和教堂都可以看到这样的棺材盖，它们都不会给人以像在这里、在树下这样的感觉。“在这里，人物看起来就像伸展着躺在一块土地上，刚刚从一次小憩中醒来，这次小憩持续了两千年”“他们用胳膊肘支撑着，互相注视着。只缺一个装着奶酪、水果和红酒的篮子放在他们中间了”。

多么美好的想象，多么激动人心的爱情。一对死去的夫妇，一块石材制作的棺材盖，一幅雕刻着他们肖像的图画，使得从前的一切保存下来。他们是谁？曾经在哪里生活？或者，这对夫妇怎样相识，怎样建立了如此令人感动的爱情？似乎全部答案都已铭刻到了石头里，在那些石头的分子中传递，隐藏于一个稳定的化学方程式中。

事实上，无论是过去多少年前的事情，仍然是我们生活中的一部分。现在并不仅仅是现在，它包含了过去和未来。从某种意义上说，现在几乎不存在——此时此刻不过是一瞬间，它很快飞逝，很快就投入另一时刻的怀抱。漫长的过去，终于用稳定的脚印，刻下了一个个现在的形状，让我们觉得时间从来就在那里，在我们的视线里。穆齐尔描写道：“女人梳着一种带小卷儿的发型——她马上就会整理一下这头发了，按照她入睡前的最新时尚。他们互相微笑，长久的，非常长久。你把目光移开了，他们却依然还在无尽无休地互相微笑。”他为这样的生活场景在石头棺材盖上的再现，感到无限惊奇，一个完美的爱情事件，从千百年前出发，一直来到山间的荒野，也许仅仅是为了在今天与你的目光获得短暂的对视，以便告诉你从前的、很久很久以前的快乐。

石头的材质意义在于，以前是什么样子，现在还是什么样子。他们的眼神以及细小的动作，微笑时脸上的反光，都没有因时间而改变。甚至，这么长的时光，都没有让他们感到疲倦，一直这样互相看着，欣赏着，微笑着，眼帘从未低垂，眼睛都没有眨巴一下。它已经最大限度地抵御了时光的干扰，让一对夫妇更深地融入石头。结果是："这并没有让他们变得更像石头，倒是变得更有人味儿了。"

3. 手稿

1912 年。一位波兰出生的藏书家伏尼契买下一部神秘的手稿。这部手稿没有名字，所以就以藏书家的名字命名，称为《伏尼契手稿》。这是一部非常古老的书，配有手绘插图，全书用密码写成，232 页。令人惊异的插图，裸体女人，无人见过的、也许不存在的植物和动物，古怪的发明，奇特的具有来世风格的管道系统，仿佛所描绘的乃是宇宙中某一个星球的文明。它的作者是谁？他出于什么目的写下这部令人难以理解的天书？其内容描述了什么、表达了什么、阐述了什么？或者仅仅是为了创造一个不可解读的谜？

一封写于 16 世纪的信宣称，一位罗马皇帝曾以重金买下这部手稿，他猜想这部手稿的作者可能是 13 世纪的一个英国僧侣。这名僧侣是当时闻名遐迩的方术大师，一个被认为半人半神的巫师般的人物，他在其著作中暗示，他所知道的东西并没有公布，其中可能藏有神的秘密。是不是他用一种独自发明的密码，记录了他所洞悉了的、不能为公众获得的世界秘密？看过这部手稿的人，对这一点毫不怀疑。因为书中的密码非比寻常，它采用的是堪称另一个世界的语言：既不是罗马字母，也不是欧洲大陆的字母和符号。它并没有利用人类熟悉的字母作为母体进行改造或变形生成，而是用另一套花体符号，创造了这个密码系统。有人猜测，花体符号可能暗示其来自中东地区，但在任何已知的中东文字、字母中，都找不到这些符号。

它们看上去更像一部来自地外文明的畅想曲乐谱，也许它是神秘天籁的记录，也许涉及人类命运的秘密。总之，它不希望人们很快知道其具体内容。书稿的作者为此费尽心机，实际上说明了他内心的矛盾。他既想将这些内容告诉人们，又不愿意泄露世界的奥秘。他既想将自己所想的、所发现的记录下来，又惧怕这些思想和事实搅动人类已经形成的秩序。也有可能，他仅仅想把这些信息传递给特定的人，而又让那些不相关的人望而却步。那么，如此深奥的密码，已经击败了众多的密码专家，谁又能将其破解？

有人做了各种推想：也许这部手稿是用一种已经失传的语言写成的，为了筛选特定的那一个破译者，它过滤掉了原语言中常见的字母。也许手稿仅仅是为了某种游戏的目的，写作者也仅仅是出于对游戏的热爱，设计了一个恶作剧式的密码迷宫，让那些试图解读谜题的研究者堕入深不可测的迷途。

电子计算机发明之后，一些专家试图借助计算机破译《伏尼契手稿》，但没有取得任何进展。这意味着人类知识脆弱的一面和智力的有限性，即使以某一个人的知识设置屏障，都有可能在整个历史中无人能够翻越。一部来自遥远年代的手稿，一部难以破译、极其神秘的天书，背后隐藏着一个人在黑暗中带有讽喻意味的微笑。他所做的一切，殚精竭虑编织的秘密文字，在多少个世纪中畅行无阻，无人可敌。

我们的生活中也能找到对应的隐喻。我记得童年时代，常常被大人们带到村边一个令人感到恐怖的庙宇里。正面是一个大殿，端坐着一个巨大的佛像，以藐视的目光看着朝觐者卑微的身影。佛像看起来栩栩如生，大大的眼睛总是追踪人的影子，脸庞生动，衣服带有丝质的柔软，卷起了一个个细小的褶皱。它好像陷入了沉思，又好像无所事事，仅仅用这种姿势和表情消磨时光。人们来到这里，点上香火，不断磕头，向面前的泥塑佛像虔诚祈求。那时，我的年龄太小了，以为这佛像中居住着什么令人恐惧的东西，它的内部，还隐藏着另一个秘密？否则，人们为什么如此敬畏眼前的泥塑？旁边的僧侣，翻看着经书，每隔一会儿，都会敲打几下木鱼，也许，这简单的节奏中含有神秘的语言，它在说什么？

这一切，令我感到不安。庄严的佛像，以及各种庙宇装饰，烘托着一种寂静、幽深、时间静止的气氛，营造了另一个世界的效果。一阵叮叮当当的声音把我引向寺庙的后院，我从恐惧中转向了活跃的现实中。一面砖墙和一个小门，横亘于两个世界之间。这里一下子变成了另外的样子，一群人正在忙碌着，他们紧张地把一根根木头雕刻成佛像，有的已经显出了佛像的轮廓，开始出现了眼睛和鼻子，但仍然非常粗糙。我难以理解，人们亲手建造了这些佛像，就是为了膜拜它？或者，它们是一些木头的时候，仅仅是一些木头，然而，一旦将这些木头变成了佛的形象，就意味着真的变成了神？或者说，人们一直用自己创造的事物形象来迷惑自己？重要的是，人们创造一个自己必须顶礼膜拜的神，以便赋予平淡的日子以崇高的意义？或者说，人类必须创造一个高于自己的形象，以便获得被奴役的快乐？

4. 机器

卡夫卡的小说《在流放地》，也许给出了我们生活的一个理由。他从一个法学专家的角度，试图创造一个人类的心灵寓言。一个偏远的流放地，一个司令官以近于完美的设计，创造了一架行刑机器。这架机器由三部分组成——被俗称为“绘图师”“床”和“耙子”。这架机器在设计者眼中已经十分完善，具有非凡的判决功能。犯人躺在床上，腹部向下，一块破毛毡自动塞到他的嘴里，防止他叫喊或者咬断舌头。“绘图师”安装在床上两米高的地方，“耙子”可以顺着一个钢条上下移动。行刑的时候，机器开动，“绘图师”开始进入工作程序，“耙子”上安装着耙齿一样的针，“床”开始震动起来，它的动作准确地配合耙子的动作，“耙子”将自动判决刺到犯人的身体上。而且，针刺的旁边还有相应的短针用来喷水，将血水清洗干净，使刺出的字迹始终保持清晰。血水被引入几条小沟，汇集到主沟，最后通过排水管排入坑中。

小说的故事情节非常简单，甚至简单到似乎是一台行刑机器的说明书。其中的人物也没有名字，只有他们的身份：司令官、军官、士兵、犯人、旅行家……所有的要素都符合寓言的特征，可见，卡夫卡已经明确告诉我们要讲述故事之外的故事，关于我们自身的故事。一台机器近似于一个人类社会三位一体的结构——统治者以及用于统治的复杂程序结构、执行手段、被主宰的统治对象。它与“绘图师”、用于执行的“耙子”，还有供行刑对象躺着的“床”一一对应。一切都是完备的。比如判决书的书写、刺字工具的运行，以及血水的清洗，等等，事先已经得到充分的考虑。它的运行就是为了给“犯人”一个判决，一个你不可能知道的判决，你既没有权利为自己辩护，也没有权利支配自己，甚至，一团破毛毡塞到你嘴里，使你发不出一点儿声音。在这里，人的权利被剥夺干净，一切一切，交给了机器。

一台莫名其妙的行刑机器，一些无辜的罪人。机器以它复杂的、难以置信的设计，将无辜者判罪并送入地狱，并一点点儿积累了真正的罪孽。它的毁灭也必定寻找无辜的殉葬者，因为无辜乃是无辜者最显著的特点，也永远是其结局的原因。一台嗜血的机器需要无辜者的血来不断保养和擦拭，这样，无辜者乃是它能够运行并且存在下去的理由。

行刑机器的设计者——前任司令官已经死去了，他的坟墓被掩藏在一个茶馆的桌子下面，好像这样的方式有利于人们更快地遗忘，但他的机器留了下来。他的忠实追随者，也是行刑者，即军官，对这台机器充满了热爱，以至于维护和不断擦拭、修理这台机器成为他幸福的源泉。然而，新任司令官由于不同的偏好，将废除这台机器。行刑的军官最后躺在了机器的“床”上，接受他所热爱的机器的判决，直至机器粗暴地将他抛入尸坑。机器在最后的运行中，“绘图师”的盖子啪嗒一声完全打开，逐渐升高，里面的齿轮露了出来，接着一个个齿轮升了起来，掉到了沙滩上。这台机器的设计是如此复杂，它远远超出了人的想象。

一个个齿轮掉下来，“后面但马上又有另外一个齿轮升了起来，后面又随着升起了许许多多、大小不一、几乎无法区分的齿轮，它们都一一从‘绘图师’的边缘上掉了下来，人们总以为，这下子‘绘图师’一定可以倒空，然而又出现了一组新的、数目特别多的齿轮，升了起来，掉了下去，在沙里滚动，然后停下来……”这是多么复杂的景象！为了将每一个“犯人”折磨致死，设计者可以说绞尽脑汁、用尽了心力。从某种意义上说，我们每一个人都可以成为“犯人”，因为成为一个“犯人”，不需要任何理由，或者说，你生活中的每一个举动，都可能成为理由。

一个复杂的不可能被了解的世界，是一个多么可怕的世界。你的一切交给一个陌生的机器，你的判决被书写在肉体上，这是多么可怕的、不可思议的事件。一个行刑人最终将自己塞入判决机器，用他熟悉的机器将自己折磨致死，令人不寒而栗。我们所创造的，未必是我们所理解的，针对别人的最后又针对自己。

5. 卡夫卡的讲述

卡夫卡善于制造谜题，我相信，他是一个谜题的信仰者。他也许相信，谜题的创造和解决，是考验人的智力的重要手段，或者，世界的全部秘密都可以从谜题中得以窥探。因为，上帝的创造使用了谜题的种种法则，宇宙被浸泡在一片谜题的汪洋之中。

实际上，从古至今很多人都迷恋于制造和发现谜题，这是一种带有轻蔑意味的智力挑衅。最著名的莫过于古希腊时代的芝诺，他创造了一系列悖论，让人堕入了一片迷茫中。飞翔中的箭究竟是在运动中还是静止状态？跑得最快的神阿喀琉斯为什么追不上乌龟？他总是为人们献上一个意外的回答。

古希腊人善于创造令人不解的谜题，比如说，一堆沙子是多少？如果从一堆沙子中去掉一粒，还是不是一堆？如果可以，那么再取掉一粒呢？一直取到这堆沙子只剩下一粒的时候，还可以称作一堆沙子吗？这一悖论指出了一堆的限度，同时看到一粒又一粒攫取的推理逻辑是多么可疑。

另一个著名的谷堆悖论，从相反的方向寻找谜团。他是这样设想的：一粒谷子落在地上不能成为一堆谷子，两粒谷子落在地上也不能成为一堆，三粒谷子落在地上还不会成为一堆，那么，谷子增加到什么时候就可以成为一堆？生活中我们常常发现，在常识中隐含着矛盾，在光明中充满了令人迷惑的阴影。中国古代同样有许多人迷恋于不解之谜的讲述。在一则故事中，一个人鉴别宝剑，认为宝剑呈白色意味着坚硬，呈黄色意味着柔韧，黄色和白色混杂于一起，就可以说明一把宝剑既坚硬又柔韧。很快就有人对这一结论有所怀疑，并提出了相反的观点：按照你的理论，白色意味着不柔韧，黄色意味着不坚硬，那么两色相混杂就意味着宝剑既不坚硬也不柔韧。

中国古代最著名的谜题设计者应该是公孙龙了，他的“白马非马”论已经成为诡辩的经典之作。可是，卡夫卡是一位文学家，他对于谜题的设计，显得更加复杂。他以一种讲述的方式，告诉我们怎样的事情才是真正让我们难以理解的。这需要极大的想象力，以及对于讲述内容的微妙把握。我甚至认为，卡夫卡自己的目光对这些内容都难以穿透，所以他将自己的迷惘用精美的托盘放到别人的餐桌上，供更多的人品尝。

卡夫卡在一个片断式的小说《一道圣旨》中，用传说的方式讲述：一位皇帝在弥留之际向一个逃避到最远的卑微者发出一道圣旨。“他让使者跪在床前，悄声向他交代了旨意。皇帝如此重视他的圣旨，以致还让使者在他耳根复述一遍。”皇帝当着向他送终的满朝文武大臣们送走了使者，使者也立即出发了，他足够有力且不知疲倦、健步如飞，“左右开弓地在人群中开路，如果遇到抗拒，他就指一指胸前那标志着皇天的太阳，他如入无人之境”。但是路程是那样遥远，庭院重重，宫阙重重，这样的道路永无止境。重要的是，即使他完成这一使命，使者所携带的也不过是一个死去的人的谕旨。实际上，卡夫卡从这样的叙事中，让我们看到一个无意义的结局。使者受命出发之后，皇帝就已经死去，也就是说，皇帝的圣旨已经失效。然而，由于没有任何信号可以传递给使者，他便不知道自己的使命失去意义，以至于这路途上奋力地奔跑，已经转化为他为自己设定的意义。还有一点，使者实际上明知自己不可能完成这一使命，因为他所送达圣旨的目的地在一个最远的地方……最远有多远？可能是无限的代用词。

一个使者怀揣圣旨，领命到一个地方，他既不可能到达，其使命也在出发之后失去价值，那么他为什么仍然要一直朝着那个方向狂奔？唯一的解释是，他不知道皇帝已死，也不知道路途究竟有多远，还因为他所接受的是一个皇帝——拥有至高无上的权力者的旨意。他所知道的已经变为一个无效的事实，甚至可以怀疑这一事实根本就不存在，而他所不知道的，则永远不可能知道，但是事情的神圣感压倒了虚无，以至于这一使者一直以为自己从来不是奔跑在愚昧无知的乌云深处，而是在一片澄明的蓝天之下，能将自己的目光投射到最远的地方。这是一个关于人生的寓言，还是仅仅为了创造一个永恒的谜团？卡夫卡为了强调这一意味深长的故事片段的重要性，特意从一篇小说中抽取出来，令其单独成篇。

6. 乘客

卡夫卡可以说是一个迷雾中的乘客，也可以说是观察迷雾的乘客，他拒绝知道自己向前的方向，他只是不断地散步，漫无目标地散步，他深知历史、宇宙都没有目的地——这是让人感到绝望的原因之一。我们所借以生活的这一世界，并非一个清晰的世界，相反，每一个细节都充满了疑点。他在一篇短文《乘客》中描述："我站在电车供乘客上下的平台上，考虑到我在这个世界、这座城市以及我的家庭中的地位，我竟一时感到完全不知所措……我甚至无法为以下一些事情辩护：例如，我为什么要站在这个平台上，抓住这个皮圈，让这辆电车把我载着走，为什么人们要给电车让路，或者静静地走，或者伫立在橱窗的前面。"

他看到，载着他的电车渐渐驶近一个停车站，乘车的一位姑娘走到车门的阶梯前，准备下车，他的目光在这里停了下来："我觉得她眉目清秀，仿佛我刚才还摸过她。她身穿黑色的衣服，裙褶几乎纹丝不动，短上衣紧贴着身子，衣领是用网眼小的白色花边做成的。她的左手平直地放在电车的内壁上，右手里的伞搁在从上往下数的第二级梯阶上。她的脸呈褐色，鼻子不停地上下翕动……”一个准备下车的姑娘，在别人的凝视中每一个细微的地方都被放大了，好像置身于一个巨大的显微镜下，甚至右耳根部的一小片阴影都难以逃过观察者的眼睛。

一个人为什么对另一个人这样仔细端详？因为世界的每一个细小的皱褶中都藏有难解之谜。他被一团迷雾所笼罩，陷入了深深的迷惘之中。那个人的一切为什么是这个样子，而不是另一个样子？然而被观察者对这一切并不会感到惊奇，因为自己早已习以为常。最后，卡夫卡不解地发问——她为什么紧闭双唇，为什么不感到自己的惊奇，而且一句话都不说呢？事实上，卡夫卡的旨意在于，无论是在电车上，还是在别的什么地方，真实感都早已在自己观察的时候，逃逸到形体的背后；我们的视线中，仅仅是外表，我们看到的事物，并非真正的事物，而是一个谜团的表面，或者说，我们从来都生活于迷雾中。

7. 发现

发现意义和发现无意义是一回事，或者两者都很重要。卡夫卡在一个看去随意写下的片断中，这样谈道："我迈步前进，我的速度就是侧面的这条胡同、这条胡同和这个市区的速度。理所当然，我对这里发生的一切负有责任：无论是对敲门、锤击桌面、祝酒词，还是对床上、新建筑物脚手架上、紧挨房墙的黑胡同里，乃至妓院无靠背矮沙发上的对对情侣，我都负有责任。"

这些话想说什么呢？可能试图说出自我的价值所在。在一个人行动的过程中，他所面对的一切，他看到或者感受到的一切，甚至仅仅凭借两只眼睛看到的一切，也归于自己的责任范围。一般地，人们因其所承担的获得自我肯定。那么，他行进的速度为什么和固定的事物一样呢？这些胡同、市区都是行进的参照系，没有四周的参照，一个人便不会知道自己乃是在行进的途中。他向前，这些事物就会往后退。或者，正是一些墙壁、建筑物、胡同的景观等事物的后退，使人的行为获得了真实感。

问题出现在行进结束的时候，他走进了自己的房间。

他若有所思，“可是在上楼梯的时候，我似乎没有发现某种值得思索的东西。我先把窗子完全打开，听到某家的花园里还在演奏音乐，但是这对我无济于事”。是的，此时他突然发现了事情本身或四周的一切，并没有思索的价值，意义失去了，剩下的是打开窗户之后飘进来的音乐，外部的欢乐与自己的失望和虚无形成了某种微妙的冲突。

8. 路上

一个旁观者不可能对正在发生的事情做出正确的判断，或者说，他不可能获得确凿的证据，从而获得合乎逻辑的推论。卡夫卡在一篇《过路人》的带有寓言性质的片段中讲述了一个故事：当我们在夜间散步，正穿过一条胡同时，老远看见一个人朝我们跑来。为了使这一故事蒙上神秘的面纱，或者唤起我们的好奇心，并让生活变得更富有诗意也更扑朔迷离，事件发生的时间设定在夜晚，在月圆时分，胡同从旁观者的视角看去，好像向上伸展。

这时，这个片段中的主人奉劝我们遇到这种情况，千万不要一时冲动，扑上去抓住那个奔跑者。即使后边有人追过来了，也不必贸然做出干涉的决定，因为你根本不知道究竟发生了什么。一个显而易见的判断是，他们两个人很可能是追着玩的，或者他们共同追逐另一个已经跑过去的人。那么，第一个人可能是无辜的，但受到追逐，也可能是第二个人想杀害他，“要是我们抓住他，很可能就会成为参与谋杀的共犯，也许这两个人彼此并不认识，只是各自跑回家去睡觉，也许他们是夜游者，也许第一个人还带有凶器”。

这触及我们判断力的脆弱。我们所看到的，可能仅仅是一个逼真的幻觉。人在这判断中不断经受着折磨，不知怎样应对眼前发生的事情。在这里，视觉是引发烦恼的重要原因，一个视觉的缺口，打开了一片巨大的、复杂的思想迷雾。你越是凝视一个极其平凡的场景，就越会把你带到一个令你眼花缭乱的眩晕状态。只要给你一个思考的起点，就可能出现无数多的推论，事实的确定性被思想的飘忽彻底瓦解了。唯一的解脱是：“我们感到高兴的是，第二个人已经跑远了，我们再也看不到他。”

9. 阴影

20 世纪初，卡夫卡写过一篇文章《在窗边》。篇幅很短。实际上，他所写的不过是一个生活的瞬间。也许只有几秒钟，甚至一秒钟。时间的长短取决于一个观察者，一个走近窗边的随意的瞭望者。在一个灰蒙蒙的春日，一个懒洋洋的清早，“我们能做些什么呢？”对于一个农夫来说，这是开始耕播的最好时机，他会带上种子和牲口，早早走出家门，灰蒙蒙的气候不会影响什么，重要的是另外一些气候条件令人焦虑：比如说什么时候会下雨。而对于从事其他工作的人来说，这一天可能不会是一个休息日，他已经开始了一天的工作。只有一个无所事事的人，在认真考虑“我们能做些什么呢？”

第一件事情就是，无意之中走到了窗边，这是一个明亮的地方，是视觉能够和外界衔接起来的地方，这样，一个无聊的问题触动了灵感的触须，就像一条鱼在开阔的水面上突然发现自己的胡须碰到了石头。在窗子下面，你看到了极其寻常的一幕：一个姑娘正在走路，阳光投射到那张天真无邪的脸上。“她不慌不忙地走着，不时回头看看，与此同时，你还看到一个男子在她身后快步赶来，用自己的影子遮住她的脸。”阳光既没有重量，也没有形体，对于这样的一次遮挡，谁也没有感到什么。“然后，这男子从她身旁走了过去，于是，这女孩的脸庞又重新明亮起来。”

这是多么富有诗意的一幕，甚至令人感动。只有无所事事的人站在窗边才能看到。实际上，一个令人惊奇的发现往往来自一个不知道自己该做什么的时刻。那么，阳光飘动着，从高高的角度落在一个女孩的脸上，这是多么明亮，可是她却不知不觉地被一个从后面赶来的男人挡住了，哪怕仅仅是一瞬间，我们都意识到发生了什么。可是，也可以说，什么也没有发生过。一片阳光的明暗不是一个事件，但它是一个寓言，童话中的一个小小的暗示……它究竟暗示什么？

这让我想起日本小说家川端康成的一篇小说。小说的内容非常简单：

一天夜晚，一个小镇的几个孩子提着灯笼，来到郊外的草丛中捉蝗虫玩。他们手中的灯笼都是自己制作的，用一个废弃的小纸盒，将前后剪掉，糊上薄纸，在盒底立上一根蜡烛，顶上系上一根绳子，一个灯笼就制作完毕。更重要的是，孩子们在灯笼上画了很多绚丽多彩的画，涂上了不同的颜色。其中的一个孩子，忽然抓到了一只蝗虫，兴奋地叫喊起来，几个孩子很快围了过来，都抢着索要这只蝗虫。一个刚刚跑过来的女孩子站在男孩的后面，说：“我要！我要！”男孩转过身来，将攥着的拳头伸到女孩子面前。

他把那只蝗虫递给了她。她发现那只蝗虫个头较大，和一般的蝗虫不太一样，眼中闪着亮光说：“是金琵琶，是金琵琶啊！”孩子们扬起一片羡慕的欢呼声。女孩将金琵琶放入了灯笼，看得入神，男孩举起自己的灯笼为女孩照亮，就在此时，写在灯笼上的男孩的名字，恰好映在了女孩的胸脯上。然而，孩子们谁也没有发现，连两个孩子自己都丝毫没有察觉。

这么美好的时刻，美好的景观，竟然谁也没有注意到。男孩从草丛中捕捉了一只蝗虫，女孩从蝗虫的身形中辨认出了金琵琶的形象，但他们却没有发现灯笼上的光芒，将怎样的字迹铭刻于女孩的胸脯上。多么意味深长的瞬间，很快就过去了。

川端康成和卡夫卡都留意到了生活中最富诗意的一刻，也发现了人们粗糙的心灵和遗忘的遗憾。当然，我们一定要追述那个事实的意义，生活中某一个被忽略的事实的意义，实际上可能完全归于虚幻，因为，它是如此模糊，几乎可以说是一个谜，以至于我们根本就不可能理解它！我们抱怨自己的生活缺乏某种东西的时候，却总是忽视了一个令人悲伤的事实：多少事情被我们忽视了，多少事情被我们遗忘了，重要的是，多少事情我们根本就没有察觉，没有感受到它的存在。我们却总是认为很多事情并不存在。

用卡夫卡的话说，也许一切都是为了人间的不幸：“我爱她，但不能跟她说话，我窥伺着她，以便不与她相遇。”这既是一个断想，也是一句绝妙的谶语。

10. 义务

“这是谁？是谁在码头上的树下走着？是谁完全失败了？是谁再也不能得救了？谁的墓上滋长着草？梦来了，它们顺流漂了过来，沿着码头堤墙的一个梯子爬了上来。它们知道一些事，只是不知道它们自己是从哪儿来的。这个秋日傍晚的天气很温和。它们向河流转过身去，举起胳膊。为什么它们要举起胳膊，而不是把我们拥入怀中？”卡夫卡绝望地发问，他仅仅是向一个梦发问。

他发现，这个梦也仅仅是一个梦，在现实中并不存在。它举起胳膊，既不是拒斥，也不是接纳，而是一种表示疑问的姿态。实际上，它在说，你所问的问题既没有用处，也没有益处。因为，你并不是完全的自己，你从来都在别人的操控之中，你既没有完全失败，也不可能得救，你的墓地上注定要长满野草，最后被彻底遗忘。卡夫卡很快在另一个碎片式的故事中对自己的疑问提供了一个似是而非的、并不清晰的答案，因为这一答案不是一个问题最后的解，而是一个新的问题的开端。

他使用了安徒生的方式讲故事，却不愿意将更多的童话细节讲出来，他只是提炼，提炼，提炼，提炼到自己都难以理解的程度，目的就实现了。不经过提炼的事实是没有说服力的，任何事实都显得十分粗糙，除了自身之外，它似乎什么也说明不了。而且这样的事实不包含上帝的旨意。

卡夫卡谈论的是三个人：国王、公主和驸马。这三个人有着强烈的暗示意义，他们之间的关联性也十分突出。国王是权力的象征，是最高的统治者，他有着至高无上的权力，甚至经常被称为上帝的俗世代表。公主和驸马都因国王的权威而获得高贵的身份。在很多童话中，公主都扮演着爱情、纯洁、美丽的角色，是温馨、爱和理解的化身。从这一意义上说，驸马是最幸福的，他获得了人间所能享有的一切：权力、高贵、金钱、地位和爱情。

一个令人羡慕的人，一个极其幸运的人，一个要有尽有的人。可以呼风唤雨、召唤生活密林中的精灵，可以过上任何他认为最好的日子。在这里，他实际上代表了人的最理想的境况。即便如此，驸马却想脱离附加于自己身上的金光闪闪的外壳，就像一个蜗牛试图摆脱自己背负的蜗壳一样，以便获得轻松和自由。这是一个自我解放的愿望，自由的愿望，回归自我的愿望。对于一个人来说，这样的愿望一点儿也不过分。然而，对于一个驸马来说，他已经得到了所有的一切，难道还有什么需要的吗？难道他仍然需要一个奢侈的自由吗？答案是肯定的，他需要，他仍然需要。

于是，“公主挽着驸马的胳膊，一起走到国王面前”。驸马告诉国王自己不能再干下去了，但国王的反驳很有理由，他说：“你在婚礼前庄严地接受了这个义务。”驸马还是坚持：“尽管如此，我还是不能再干下去了。”国王对他的回答很不理解：“为什么不能？”“那外面的空气无法呼吸，”驸马辩解说，“我无法忍受那儿的喧哗，我不是不会头晕的人，那高处我感到难受，简而言之，我再也不能干下去了。”国王认为他所说的最后一点还有意义，但是坏意义，其余全是借口。国王询问公主的意思怎样。公主说出了驸马试图逃脱的全部理由：“他现在过的这种生活是一种负担，对他对我都是一个负担。你可能没有设身处地地想一下……比如我们在一个小小的社交场合坐着进餐，人们忘却了一切烦恼，天真地感到高兴，这时守卫闯了进来，呼唤驸马，这时当然必须以最快的速度进行，他必须脱下身上的衣服，钻进那套窄小的、花哨得令人讨厌的、像小丑的、几乎剥夺尊严的规定的制服中去，然后这可怜的人飞快地向外跑去。”

公主讲述的故事令人伤心，我们很难知道一个驸马竟然有着这样大的痛苦。公主最后说：“当驸马回来的时候，他已经没有能力讲话，没有能力在身边容忍除了我以外的任何人，有时他的力量刚够他跨入门槛，然后就倒在地毯上，父亲，难道有可能这样继续生活下去吗？”国王的回答是："妇人之见。"然后对驸马说："我不觉得奇怪，可是你，驸马，现在我明白了，居然听了妇人之见来向我推辞义务，这使我难受……"这意味着，驸马仍然要忍受，他接受了一个义务，就得永远这样下去。

国王的话说出了最终的结论，由于国王崇高的权威，这一结论是不可更改的。驸马的企图不可能获得成功，或者说，他的企图也仅仅是一个无法实现的企图，一个只能存在于内心深处的、不可兑现的愿望，一个虚拟的设想。这种想法也许原本就没有意义。在一个永恒的、至高无上的威权之下，你的所有申辩都变得异常苍白，因为真理永远不会在你的手里，真理只存在于威权之中。这里有一个难以理解的事实：你获得一种幸福，就已经获得一种义务，既然幸福的缝隙中掺杂了痛苦，以至于它最终挤掉了幸福生长的种种理由，你还得因追求幸福的初衷接受那个义务，逃脱可能是从一开始就注定的一种倾向，然而这种倾向的前方早已准备了不可逾越的墙壁。如果你一开始就预料到了一切，就会不知所措，生活也不会继续下去了。

11. 譬喻

卡夫卡创造的谜题一般蕴含了丰富的人生经验，他总是将那些难以解决的问题用自己独特的讲述说出来。他喜欢采用变形、寓言、童话的方式，就是不喜欢一般、平庸的方式。他的每一个故事以及每一个句子，都试图成为一个譬喻，一个复杂的令人不解的譬喻，一个谜团，一个令人难忘的谜团，他不愿意让行路者走一条光明大道，他认为这没有什么趣味。于是，他用语言给你一些小路、羊肠小路、危险的路、岔路、难以辨认的路，或者突然在你面前出现一片密林，遮住了道路，你不断地观察天象，调动自己的生活经验和知识，以便摆脱迷途和困境。后来你忽然发现，卡夫卡为你设计的可能是一个永恒的迷途，你只能陷入其中，并且越陷越深，直到不能自拔。因为，卡夫卡认为，你需要一个迷途，需要一个困境，一条平坦的大道对于你来说毫无益处。

生活中的镜像，不断被反射，以至于最后让人不可辨认真相。阿根廷著名作家博尔赫斯曾设想过一个充满了镜子的房间，你走入其中会发生什么？你看到了无限数的自己，你怎么会有那么多？哪一个才是真正的自己？这是一个令人难以接受的迷宫，你一旦进入其中就会迷失了自己。卡夫卡设计的就是这样的一个迷宫，你一旦进入其中，就不可能走出去。即使最简单的故事，经他的方式和角度讲述，就会发生化学反应一样难以置信的变化。

一次，他谈到了一件事情。“在卡西内利的橱窗前，有两个孩子在东游西逛，一个大约六岁的男孩，一个七岁的女孩，穿得很多，正在谈论着上帝和罪孽。我在他们的身后站了下来。”这是一个很平常的开始，两个孩子和一个大人，孩子们的谈话和作为一个倾听者的大人，构成了一个故事的谜面。男孩和女孩都是上帝的信仰者，女孩认为，只有欺骗上帝才是真正的罪孽。男孩反驳，那么欺骗或者盗窃又是什么呢？“也是一种很大的罪孽，”女孩则说，“但不是最大的，只有对上帝犯罪才是最大的犯罪。对人犯罪我们可以忏悔，当我忏悔时，天使马上出现在我的身后，因为当我犯罪时，魔鬼就来到我的身后。只不过我们看不见他。”此时，女孩转过头来，看了看，轻松地说：“你看，我身后没人。”男孩也转过头来，看到了站在他身后的、偷听他们谈话的大人，便说：“你看，我后面站着魔鬼。”女孩马上说：“我也看到了他，可我说的不是他。”

那么，孩子们真正想说的究竟是什么呢？他们使用了一个譬喻，以便说明自己的观点。女孩说自己的身后没人，是为了说明无论是天使还是魔鬼都不会被看见。而男孩转头看到一个人站在自己身后的时候，则认为那是魔鬼的显形，因为那个人正在偷听他们的谈话。按照刚才谈论的逻辑，此时，魔鬼在身后，意味着男孩正在犯罪，这甚至意味着他所说的话正在欺骗上帝。女孩说同样看到了男孩身后的大人，明确说出自己所说的和男孩所说的并不是一回事。那么，站在他身后的那个人到底是谁？他究竟扮演了什么角色？一场清晰的谈话加入了第三个人之后，一切变得漫漶不清。女孩既然不是说男孩身后的人，那么那个人的身后是不是还站着另一个？是魔鬼还是天使？事实上，这本身就是一个复杂的譬喻。

按照卡夫卡的想法，所有的譬喻告诉我们，不可思议的东西就是不可思议的。他在一篇《关于譬喻》中采用了两个人的对话来说明这一点。第一个人说："你们何必要拒绝呢？如果你们遵照譬喻来行事，那么你们自己也成为譬喻了。这样一来就摆脱了日常的操劳了。"第二个人说："我敢打赌，这也是一个譬喻。"第一个人说："你赢了。"第二个人说："可惜只在譬喻中赢了。"第一个人说："不，在现实中赢了，在譬喻中你输了。"

这是譬喻的意义所在？一个譬喻，不是在譬喻之中，而是在现实中，但是在一个人采用譬喻的时候，那个譬喻已经越出了现实的范围，紧紧地被包裹于譬喻之中了。这便是卡夫卡在这篇文章的开头就谈到的，"许多人抱怨，说是智者的话总是些譬喻，在日常生活中难以付诸实施，而我们面对的唯有日常生活”。因为，智者从来不会为自己使用的譬喻作更多的解释，否则譬喻的意义就会烟消云散。从这一意义上说，譬喻等于一个谜团，它仅仅是为了引发多种猜想，而所有的猜想未必是智者想要告诉你的那一种。所以，你不要试图捕捉譬喻的真意，当你觉得自己已经找到譬喻所说的意思时，譬喻已经逃逸到了另一个地方，当你又想到另一个地方寻找并试图捕捉时，它就逃到了更远的地方。

卡夫卡曾在自己的一篇日记中写道：“譬喻是使我对写作绝望的许多因素之一。写作之不能独立，对烧火的侍女的依赖，对在炉旁取暖的猫的依赖，甚至对取暖的可怜的老人的依赖。所有这一切都是独立的、自成章法的行为，只有写作是无助的，不存在于自身之中，它是乐趣与绝望。”

12. 恐惧

“世界上存在着恐惧、悲伤和寂寞，他懂，但是这也仅仅是因为，它们都是含糊而一般的、只触及表面的情感。所有其余的情感他一概否认，说是我们所列举的如此种种都只是假象、童话、经验和记忆力的影子。”

人内心的恐惧来自血液、本能和基因中被上帝密写的文字。当一个人面对未知的、面对不能理解的事物，以及面对难以预测的危险或明确的危险信号，便会有一种令人紧张的东西填充自己的心灵，它有别于痛苦，也有别于悲伤。谁也不愿意面对恐惧。卡夫卡不断为我们展示难以置信的恐惧。这是一种复杂的、充满了矛盾的方程式，它既没有确切的解，也没有通向结局的途径。它就这样停在了一条道路的中间。

先是面对自由的时候，恐惧摆放在身旁。卡夫卡讲述，“两个男子坐在一张制作粗糙的桌子旁边，一盏煤油灯挂在他们的上方。这里远离我的家乡”。实际上，这是多么平凡的景象，平凡到任何人都可能看到这一幕，或者，遇到这种情况。在这一场景中，只有一个事实符合产生恐惧的基础条件，那就是——“这里远离我的家乡”。远离自己的家乡，意味着脱离了自己熟悉的环境，一切都变得十分陌生，寻常的经验失去了依托。这样，尽管一切好像和以前的场景完全一样，但仍然怀疑自己面临各种认识的盲点。接着是一连串对话。他问：“我落入到你们手里了。”一个大胡子男人的回答好像别有用心：“你是自由的，所以你也完了。”他说：“那么，我可以走了？”那个人告诉他：“是的。”那个人又一边和邻座悄悄说了些什么。在他的眼中，“那是一个老汉，身体笔直而强壮”。

在一个陌生的、远离家乡的地方，什么事情都可能发生。他对可能发生的一切毫无把握，怀疑占据了全部空间。这很像电影里的一幕，一个人落入了险境，他身边的人随时可能对他发起可怕的攻击。可是，卡夫卡为我们讲述的，不是一个侦探故事，不是一个惊险的间谍剧，而是一个关于恐惧的寓言，一个失去经验依据的、难以做出判断的谜境，一团突然飘来、遮住了视线的、令人看不清未来的乌云。这一故事，既不离奇也不平庸，看似像一个精神病人出现的困境，实际上它直指我们的心灵。

按照卡夫卡的话来说，这个故事的主人公所面临的，是一种“不置人于死地的痛苦”。此时的场景，就像一个人的“全部行装已经收拾好，已经拉紧的皮带折磨人地一再被重新拉紧，可就是不启程”。甚至，“真正的事件永远也不会为我们的感情所达到或者超过，我们只在那个真正的、转瞬即逝的事件之前或之后经历它们。它们是梦一般的、只限制在我们身上的虚构的东西”。

在另一个典型的卡夫卡片断中，讲述了另一个类型的恐惧。一开始，故事点明了地点和状态——“我们靠岸了。我上了岸。这是一个小码头，一个小地方。几个人在瓷砖地面上闲荡，我和他们搭讪，但听不懂他们的话。”人与人之间的语言交流出现了障碍，实际上一个开放的环境因为交流困境而封闭了。这些征兆，说明了与前一个故事相仿的境况，那就是一个人来到了“一个远离家乡的地方”。尽管这个地方和别的地方一样适宜休息，尽管经过没完没了的海上航行，非常渴望休息一会儿，故事中的主人公还是再次上船。“我离开陆地太久，已经很不习惯，占据我心灵的，除了对陆地的渴望之外，还有一种捉摸不定的、无法摆脱的对陆地的恐惧，所以我让舵工陪着我。”接着，他到下面的妇女舱中看了看，看到自己的妻子正在为孩子哺乳。这一切景象是如此温馨，恐惧一下子就像乌云散去。他只有在如此熟悉的地方，在自己的“家乡”，才能避开恐惧，事实是，远离家乡和回到家乡，仅仅需要他从自己渴望的陆地重新回到船上，就可以实现情景的切换。

还有一个故事来自古希腊的传说，但那个传说被适当地进行了修改，变为一个扑朔迷离的悬念。卡夫卡的朋友，他的遗嘱执行人，为这一片段加了一个醒目的标题：

《海妖的沉默》。卡夫卡开宗明义地说，这则故事向我们表明，即便不完美的甚至幼稚的行为也能救人于危难之中。故事是这样的：为了抵挡海妖的诱惑，听不到海妖的歌唱，奥德修斯在耳中注了蜡，并让人把自己捆绑在船桅上。他深知，海妖有着天籁般的歌喉，任何在海上航行的人都难以抵挡她们的诱惑，她们的歌声很快就能将船只引向礁石，航海者就会成为海妖的美餐，多少年来，无人幸免。那么，奥德修斯采用了针锋相对的策略，耳中注蜡可以使自己听不到海妖的歌声，把自己捆绑于桅杆上，以便自己万一被某种力量支配，也能保证不将船只驶向可怕的礁石。他的措施堪称天衣无缝。

卡夫卡却展现了另一种可能，那就是海妖还藏有比自己的歌唱更为致命的武器，即她们的沉默。如果人们遇到海妖唱歌的时候还有可能逃生，但是遇到她们沉默的时候将必死无疑。这是一种在卡夫卡看来很不错的假设。如此，奥德修斯因为耳中注蜡和被捆绑，不可能察觉海妖的沉默。他一直以为她们在歌唱。海妖们掠着海面飞翔到他的面前，“他先是看见她们的喉咙在扭动，呼吸粗重，眼中饱含泪水，双唇半启，他以为这就是他听不见但已经响彻于他的四周的咏叹调了”“海妖却比以往更优美，她们扭动着舒展腰肢，松开骇人的长发，任其随风飘拂……她们无意再施展魅力，只希望尽可能久地捕捉到奥德修斯双目中射来的余晖”。

这意味着，面对恐惧，奥德修斯只想到一个办法，幼稚的办法，试图将自己的命运逃脱海妖歌声的捕捉，但可能会落入另一种更加致命的陷阱中。对于一个人来说，不论他采用怎样的措施，最终都难以摆脱恐惧的纠缠。最后，卡夫卡用精美的盘子托出了另一个谜团，那就是，事实上，奥德修斯逃脱了海妖的魔力。他是怎样做到的？一切看来，的确不可思议。他真的察觉到了海妖的沉默？即使意识到了，海妖还有另一种捕捉自己的手段，那么，他所采用的措施或许仅仅是一种迷惑海妖的策略？

关键是，恐惧不在于结局，而在于之前，之前的之前。它就像一个童话的开始一样：很久很久以前……恐惧引发种种联想，因而它带有悬念的性质。卡夫卡曾在他的日记中谈道："供我施展的可能性是存在的，这没问题，但它们在哪块石头下压着呢？"

13. 真与假

一个孩子坐在那里做作业，他忽然怀疑，坐在自己面前的那个人究竟是不是自己的老师。从外表上粗粗看去，那个人就是他的老师，但是，走近仔细一看，好像有什么问题。比如说，他长着一副和老师一样的胡子，“坚挺、稀疏，凸出的灰黑色胡子盖住了上唇和整个下巴”。可是，这又怎么能保证那副胡子不是假的？这种真与假的疑虑，无处不在。卡夫卡所讲述的不是一个孩子的故事，而是人类的某种与生俱来的疑虑。

是的，我们所遇到的一切，并没有接受过真正的检验，经验事实仍然不能帮助我们对眼前的对象做出确切无疑的判断。那么我们如何信赖自己？又如何信赖眼前的事实，或者是已经非常熟悉的事物？我们怎样能够保证我们眼前的一个人，不是经过了乔装打扮？在许多惊心动魄的电影里，我们经常能够看到一个间谍或怀有别的使命的人，化装为另一个人。这样做的意义在于，他通过这种外观的修改以蒙蔽别人的判断，在别人那里，一个固定的经验往往会固定于心灵深处，这种固定影响了自己对外部事实做出正确判断。

这意味着，真实和假象之间并没有更多的差别。卡夫卡进一步写道："假如向前朝他弯下身去，那么你会觉得这是一副人造假胡子，而且，这位所谓的老师向我俯身过来，用手从下面扶住胡子，托起它供我检查，这也并不减少这种疑虑。"似是而非的表象，或者还要逼真的表象，或者一切都是真的，它们之间究竟有多少差别？既然我们每时每刻都难以分辨真与假，那么，我们的生活实际上永远是处于迷雾中的生活。

卡夫卡在小说《城堡》预备的一段习作中认为，一个人的行为甚至也难以理解其意义。他的真正意图，他自己是否理解？他要做什么？为什么这样？在很大程度上也值得怀疑。我们如果要想结识一个人或一个家庭，一般的做法是，找一个共同的熟人来引荐。但是，一个叫作 K 的人，偏偏产生了一个念头，要去一个庄园主的家里。他没有采用通常的社交规则，而是直接前去，单刀直入。这种唐突的做法究竟想要达到什么目的？实际上，K 既不是想在庄园谋一个职位，以便谋生，因为他自己就十分富有，"过着无忧无虑的生活"，也不是爱上庄园主的女儿。那么，他为了什么？也许，一个人的行为不需要过多的理由，但需要一个简单的解释。事实是，很多事情不会有一个能用语言表述的结论，因而其理由也被一个大大的谜团包裹起来，成为谜团的一部分。

14. 演戏

卡夫卡在一篇日记中写下："前天做了这样一个梦——到处在演戏。我一会儿在高高的楼座上，一会儿在舞台上。我几个月前喜欢过的一个姑娘在演戏，她恐慌地紧紧抓住一个椅背，绷直了柔软的身体。我在楼座前指着那个女扮男装的姑娘，我的同伴不喜欢她演的角色。一场戏的布景那么大，以致别的什么也看不见了，看不见舞台，看不见观众席，看不见黑暗，看不见舞台灯光，好像是所有的观众都在场景中，那么多人……"

可想而知，卡夫卡对于戏剧的演出有多么敏感。他的睡梦和白日的思想汇合了，形成了一条涌动的河流，从大脑的褶皱中汹涌流过，漫过了黑暗的表面。他所看到的，乃是真实的抽象。开始，戏剧中有演员，戏外有观众，后来每一个人都是演员，每一个人都是观众，实际上戏剧中的人物与观众失去了界限的时候，舞台也随之扩大了，一个人的目力所限，就会失去观看的目标。于是，什么也看不见了，看不见舞台，看不见观众席，看不见黑暗，看不见舞台灯光……

他深知，“要想尽可能把整个布景展示无遗是没什么意义的，因为它已经这样完备，要是错过了布景的某一个地方，那会叫人遗憾得要哭。就我所知的这个地球上，也是有史以来最美的布景”。卡夫卡以诗人的激情兴奋地描述：“秋天浓重的云控制着光线。被遮住的太阳的光分散地照射在广场东南角一些带画面的玻璃窗上。由于一切都跟实物大小一样，没有一点儿失真的地方，便使人们产生了强烈的印象，似乎有些窗门被不太强也不太弱的风吹得一开一合，由于房子很高而听不见响声。广场倾斜度很大的路面几乎是黑的，台茵教堂在它的老地方，但它前面立着一个小皇宫，宫殿的前院里非常整齐地排列着原来立在广场各处的纪念物：玛丽亚纪念柱，市府大楼前面古老的喷泉，尼克拉斯教堂前的喷泉，胡斯纪念碑破土处周围的木板围墙。”

这是多么美好的布景，卡夫卡热情洋溢的语言让我们对这一切印象深刻。事实上，这不过是梦中的景象，世界上真正的事实已经发生了不同寻常的组合和加工。关键是，这样的布景不是供我们生活的，而是让我们表演的戏剧有一个美好的背景，从而使演出获得更好的效果。在这样的场景中，人们很容易忘记自己的真正目的。你究竟是为了演戏还是为了看戏？你是演员还是观众？身份、意义、目的性消失了，只有“巨大的人流在广场的斜面上上下下，在布拉格从来没有看到这样的场面”。世界混浊的一面、难以置信的一面出现了，一个梦，转化为覆盖了真实世界的一片巨大的浓重的乌云。

卡夫卡意味深长地引用戏剧家席勒的话，对这一梦境总结说：关键是（或者近乎关键的是）“把情绪化为性格”。这就是说，最后的情绪化的结局看似模糊不清，其中实际上含有性格，只是我们会在适当的地点和时间予以转化。另一个提示是，情绪化的事实可能永远不会有一个真正的结局，模糊不清不仅是它的表象，还是它的本质，因为一个梦不过是一个无意的虚构，一个睡眠中大脑活跃的虚构。因而，卡夫卡在另一篇日记中谈道：“一切在我看来皆是虚构。”

15. 猎人

卡夫卡有随时记录自己思想的习惯。这些思想有的已经写入了小说，有的散布于自己的书信和日记中，更多的灵感火花被捕捉到笔记本上，形成了一些带有速记性质的碎片。他的速记不是那种对于现实生活片段的写照，也不是直接将某一个思想明确地写下来，而是，用一些近似于寓言的情节、情景或者完整的故事，将那些散乱的光线收集起来，封存其中。那么，他通过这些东西发现了什么，或者试图表达什么？也许，在卡夫卡看来，这样的提问根本不着边际，因为，更为可能的是，他所记录的乃是自己的迷惑。

如果一个猎人的小屋坐落在山林中，猎人和他的五条狗将一起度过漫长的冬天，将会怎样？故事是简单的，以至于它几乎谈不上故事。问题是，猎人和狗的出现，就让我们很快联想到了曾经读过的一个又一个童话故事，它的背后一定含有有趣的意义。猎人在流传的童话中，一般代表着正义的力量，他总是在关键时刻制服邪恶的、诡计多端的恶狼，并揭示事情的真相。如果我们顺着这样的思路向前猜测，就会发现我们一开始就已经犯错了——卡夫卡善于在一个岔道上埋设一个用来迷惑你的路标，故意将你引入无路的密林之中。

卡夫卡在随记中这样说：“可是这个国度中的冬天是多么漫长啊！差不多可以说长达人的一生。”他这是说什么呢？他想说明，这个故事完全是一个譬喻，他根本没想过这样的故事会发生于现实生活中。他的意旨已经非常明确了。接着他开始叙述：“这个猎人心情很好，他不会缺少任何东西，无论是生活还是狩猎的装备都已经令人十分满意。那么，这个猎人会冒出一个古怪的念头，如果另一个猎人前来做客，看到这一切，会不会因此结束他的打猎生涯？可是这儿不会有猎人前来，因为这儿没有猎人。”就是说，这是另一种结束。没有猎人，就意味着没有打猎的生活，而从来不曾存在的事物也可以说它已经结束了。

没有开始就没有结束，问题是结束是一种状况，一个归于没有的结局，一个与生活、世界博弈之后的归零，那么，过程就不会显得如此重要，它甚至可以被忽略。在一个完全虚幻的结果中，以前的一切不再需要谈起。这个猎人怀着复杂的心情，朝他的狗走去，它们在一个角落里安静地睡觉，下面铺着毯子，上面还盖着毯子，这是多么豪华的睡眠，五条猎狗尽情地享受上帝恩赐给它们的美梦。美好的生活已经实现了。但实际上，“它们根本没有睡，它们等待着去打猎，而这看上去像是睡眠”。

猎狗与生俱来的使命已经决定了它们的命运，即使猎人不需要它们冒着寒风去打猎，它们也时刻处于等待状态。它们不能完全放下自己的使命，因而不论生活给它们提供了怎样优越的条件，它们仍然不可能尽情地享受，即使有一个非常诱人的美梦在前面等待，它们也不能安然入睡，因为它们有着另外的等待。无论是猎人，还是猎狗，漫长的冬天从来就属于他们，他们的身份已经说明了这一点，因而，卡夫卡一开始就点明："可是这个国度中的冬天是多么漫长啊！差不多可以说长达人的一生。"

16. 等待的背面

卡夫卡用猎人的故事谈到了等待，并认为等待是一种使命，这将使猎人和猎狗不能安睡。这是自我身份认同之后必付的代价。那么那个等待的对象呢？这显然是箭与靶的关系，彼此都可能承担等待的命运。他用另一个故事试图说明被等待的意义。一个叫作彼得的人再过一个礼拜就要结婚了。当他在一个晚上从邻村回家的时候，在一片小树林里看见了两只闪着金光的眼睛，一个声音传了过来：我是狼。

人与狼的故事开始了，但不是人用自己的智慧战胜狼的故事，而是一场人与狼的艰难的谈判。我们看到童话中的人与狼，总是人采取种种手段，最后将狼一举擒获。因为这两者之间没有什么可以回旋的余地，不是狼吃掉人，就是人将他的对手打死。其中，任何谈判都不会有什么结果，这种可以预料的结局乃是由狼吃人的本性铸就的。但是，卡夫卡从这一传统故事中截取了一段小小的被疏忽的内容，那就是等待。

既然狼吃人是注定了的，而且人处于弱者的位置上，他的力量、速度、敏捷性以及牙齿的锋利程度，都处于下风，那么，这一项内容就不会摆上谈判桌。那么还有什么可以谈判呢？天平的两端处于失衡状态，他的一端连一个砝码都没有。但是，彼得还是想到了一个理由，他紧张地试探："你想要什么？"狼的回答直接而干脆："我要你。"并告诉彼得它一整天都在寻找食物，肚子里正在遭受着饥饿的折磨。它的坦率充分展示了它的自信和强大。

此时，人只有祈求了。实际上，祈求保全自己的生命，祈求狼不要吃掉自己，彼得知道这是不可能的，剩下的选项，只有为狼许诺一顿更加丰盛的未来午餐。谈判的焦点集中投射到时间上。彼得说："求求你，今天放过我吧，过一个礼拜就是我的婚礼日，让我经历这一天吧。"但是狼觉得这样非常吃亏，这样就得等待很多天才能吃到食物，它不想等待，它深知等待是多么令人痛苦，因而必须让马上就可以使自己饱餐一顿的对象明白，如果按照他的说法，必须得到更多的补偿。于是狼问道："我从等待中能得到什么好处呢？"彼得的回答是给它加倍的回报——"过后你可以吃我们俩，我和我的妻子。"

这样的条件固然让垂涎三尺的狼感到不错，但它不会因此满足，它想得到更多更多。它知道，此时眼前的这个人为了延缓自己的生命，什么都可以答应。于是，它提出了一个理由：在彼得结婚前它需要食物，不能因为等待而饿肚子。并要挟他说："现在我已经对饥饿感到厌倦了，如果我不能马上得到什么，即使不愿意，我现在也得吃了你。”于是，彼得妥协了，面对牙齿和利爪，这是可以预料的妥协。彼得答应在狼等待他的婚礼日期间，他用兔子喂它，这还不够，又加了一头羊，狼继续提出再加五只鸡……

问题是：狼将等到什么？谈判圆满告终，这就是故事的结局，实际上卡夫卡仅仅告诉我们一个故事的开头。狼是贪婪的，人是懦弱的。狼的贪婪乃是来自贪婪的本性，还来自对对象强弱的判断。人的懦弱同样来自本性，同时也来自对狼的凶残的判断。因而，一场不对等的谈判最终达成，这样的协议为人的苟延残喘提供了宝贵的时间。至于从现在到彼得的婚礼日的一段时间会发生什么，一个更大的疑团、一个令人焦灼的悬念、一层浓浓的遮挡了视线的迷雾，也交给了用懦弱换取的时间。这是等待的理由，也是等待的谜团。

17. 秋天

……秋天。山间的树叶停止了光合作用，并将自己残余的养分重新退回到自己的母本。一个光彩夺目的色彩盛宴开始了。各种树木争相露出自己最后的灿烂之光，将要脱离树枝的叶片显出了五彩缤纷的一幕，这是最后的一幕，辉煌绝伦的一幕。为什么它们用夏季只有花朵才能说出的语言来留下未来的预言？它们究竟是想表达什么？是一个年度轮回的感叹，还是对自己命运的酬谢？当然，还有更深的奥秘，更深的用意——它使用了上帝的语言，我们不知道它的角度和方法，只看到它的光辉、它的晦涩以及它矛盾重重的纠缠。

我们面对的是一个充满了隐喻的世界。符号和语言用各种方式喧嚣。尽管有时是寂静的喧嚣。你眼中的世界总是让你感到迷惑不解。大自然总是用你不懂的语言告诉你一些秘密，然而这些语言对于一个倾听者来说，永远徒劳无功。大自然喜欢谜题，上帝不愿意将自己的想法直接说出来。人的一个重要使命就是思考和猜测。任何时候你都不要以为自己猜出了谜底，也不要说已经获得了答案。

即使一个最简单的问题，它的结果也不会摆放到伸手可取的桌面上。因而，一个显而易见的解答一定是肤浅的，你所看到的一切必定会有一部分深深地潜藏在海底。

这样的秋天一个又一个，从来没有尽头。我曾经仰望天空突然出现的雁阵，它们从北方的寒风中启程，飞往另一个地方。它们竟然没有迷失方向的时候。它们从某一个秋天的早上，沿着还没有散去的星辰，到自己早已设定的目的地。它们好像一群秘密的风水师，携带了看不见的罗盘，选择了最适宜出发的吉日和一条充满奇遇的航线。它们是天生的宿命论者，从来没有怀疑自己还可能存在另一种选择。它们是怎样猜到上帝的意旨的？也许它们有着不同凡响的经历，学会了神秘的天语。它们因为自己长途飞翔的卓越表现而受到了上帝的偏袒。

让秋天的叶子落下来吧。就像无穷无尽的语词，用神性的迷狂掩盖一切谦恭的理性、一切人间的经验吧。一次，我在一条乡间公路上看到两旁的杨树在大风中卸下了自己臃肿的盛装，放弃了万物竞妍的假面舞会，露出了自己质朴的面孔——此时此刻，树叶纷纷坠落，就像一场雷电交加的滂沱大雨，倾泻而下，一片片迷茫的叶片以利箭般的速度，几乎呈直线坠向大地，充塞于天地之间的斑驳巨幕，拉开了迷惘的视野。

18. 天空

天空自由徘徊的白云，忽然收起了匆匆的脚步，似乎停了下来。或者说，天空留下了一连串白色的脚印，却抹去了行走者的影子。中国的传说中，一定有天上的神踩着云头巡查，对人世间扫视一下便回到了豪华舒适的天宫之中。我们实际上很难看懂云彩的语言。它在天上翻卷，有时将一片片羽毛散开、抛撒，有时又将散乱的、飘动的碎片收集到一个个形状不断变幻的巨大体积中——它避开了人们从小练习的几何题，沦为不可计算、不可论证的甚至难以描述的现象。过去，老农会不经意之间抬头仰望，用一只手掌遮住来自天庭的刺眼光芒，发现了一些似曾相识的形象，会自言自语：今晚会下雨。

这是一个简单的判断。云朵可能表达的意思远比想象的复杂。它每时每刻都在变化，意味着和这个世界上所有的事情有关。我们可以用自己熟悉的语言描绘许多事物，并将其固定在文字中。但我们身边有两样东西不可描述，那就是云彩和火焰——它们从来不会固定在一个面孔中。当我们试图捕捉它们的时候，它们已经变成了另一个样子。从飞机的舷窗俯瞰，云彩更多的时候是安静的，它仅仅像一个孩子一样自娱自乐，在广阔无垠的空间玩着自己的游戏。它一会儿把自己弄成耸立的山丘，一会儿又将一道激情澎湃的河流填平，变为一个平面。还有的时候，它张开洁白的降落伞，像大海深处的一群水母一样，以迷人的样子飘向远方。当我们看到浓黑的一团暗云浓缩、凝聚时，它阴沉的表情中一定酝酿着令人惊骇的雷电和暴雨，一些城市和村庄已经被覆盖于一个漆黑的屋顶之下。然而在云层之上，我们常常置身事外，悠然自得，会感到人间的事情和我们无关——这是那些被崇拜的神灵的心境。

一个如此宽敞的舞台，一个如此耀眼的光团。云朵扮演着各种角色，比戏剧中的人物更为奇特，除了它自己，我们根本就不可能明白它究竟要做什么。但有一条是肯定的：它不会无缘无故地做这些事情。

即使我们在地面上观看，世界也从来没有给我们一个清晰的回答。它不告诉我们它说的是什么。麻雀不断起飞又不断落到地上，就像我们的思想一样，充满了疑问和忐忑不安。乌鸦在树顶偶然大叫几声，好像在说自己突然找到了突破性的灵感。古代的诗人们早已注意到这些节奏明快而婉转的旋律，可是我们仍然感到十分不解。这是生活的常态。这些单音节词十分亲切，唤起了好像已经消失了很久的童年记忆。无论我们怎样细心地探究天上和地上的语言，它们仍然是一道难解的谜题。一个没有谜题的世界是乏味的。无论是大自然还是隐藏在我们四周的神灵，都需要用神秘的、晦涩的甚至是无解的言辞表达，我们的一切诗意来自委婉、曲折和谜团，来自一部没有结束也没有提示的探案集。

19. 三个世界

伟大的艺术家都看到了来自生活的启示录，他们试图阅读并理解其中深藏不露的意义。荷兰版画家埃舍尔在一次散步途中，突然被一个意义深奥的场景震慑了。他停下脚步，身体发僵，很长时间呆立在那里。眼前的一片池水在微风中荡起涟漪，天空、池水四周的树木倒映在水面上，那样清晰、澄明、沉静。秋天的落叶漂浮在水面上，每一片叶子都拥有不同的色彩，它们初看起来好像有着相同的面容，实际上各自有着不同的齿边、叶脉以及尺度，这是它们用一生的力量打造出来的气质和个性。即使是让人感到几乎完全一样的叶片的滴水尖，也会有一点儿微妙的差别。这些叶子来自不同的树木，甚至有着相似的经历，它们在水面上混合在一起，就像一群鸟儿从不同的地方赶来聚会，共进午餐。

可是水面的参与者不止树叶和树木的倒影，也不止被映照的广阔天穹，还有风中涌起的皱纹，代表着痛苦的思考以及大自然的阅历。游鱼在水中游动，和水面上的一切实像与虚像交织在一起，天空、树木、漂浮的树叶和水中游动的鱼，在不同层面上展开一个超出立体的多维空间。即使是水面的小小波纹，只要你的眼睛足够靠近它，也会发现其惊心动魄的一面。这一个精彩的刹那，聚集了含有万物的宇宙诗意。

这一场景是令人难以忘怀的。埃舍尔在不断酝酿如何用一幅绘画表现出来。实际上，他所看到的已经是一幅完整的绘画，几乎用不着重新构思和修改。大自然以它瞬间的呈现，赋予了一个场景以足够的意味，成熟的语言，充满了新意的语言，已经表达了你所要表达的。但是，它所带来的这种美学的快感，替代了我们对其意义的追究。埃舍尔用一幅杰出的版画，记录了他看到的一幕，同时将一个令人震惊的谜题抛给了我们——一列华美绝伦、光彩四射的快车，停在了车站上，不是让我们成为它的旅客，而是为了说明其自身的存在。

埃舍尔在画家中堪称谜题大师。他总是善于从日常题材的众多事实中提炼出神奇的结晶体，映射出一个个不解之谜。他在一幅版画中精心刻画了放置在一本书籍和一叠报纸上的玻璃质球状瓶，旁边还站立着一个古怪的人首鸟身的波斯妖。书籍和历史联系在一起，而报纸是现实的标志之一，球状瓶张开了360度的广角，映照出一个房间、房间的窗户、墙壁和画家本人。玻璃质的球面，将这么多内容，几乎是这个球体置身其间的全部空间景物收集到自己的镜像中——它是一个变形的世界，一个独特的可以看得见一切的角度，一个浓缩了的宇宙。当然，重要的是，连同绘画者一起，获得了一个共存的形象。

表面看起来，这是一个光学问题。物理学家很容易用光学原理解释这一现象。但它似乎暗示，这一变形的球面映象并非真相，它仅仅是人看到的事物。你想得到全部事实，就必须间接地通过一个球面来映射，不然你的视野不会为你提供一个全景场面。在球面上的一切，已经转化为另一个样子，你在其中同样被扭曲。或许，在一个全景世界中，你就是这个样子——这有待于求解。又一个谜题。或许，真正获得答案的是旁边这个波斯妖，他沉默不语、若有所思，一个飞鸟身上安置的人头，必然会洞悉我们看不见的秘密。

20. 踌躇

卡夫卡和很多艺术家一样，并不关注那些流畅、有着充分理由的事物。他希望自己能够通过一个个谜题的发现，找到思考世界的途径。他相信，一切简单的问题背后，一定深藏着一个不可解的理由和结局。他或许认为，一个简单的世界对于我们来说是没有意义的。这意味着，我们生活中的每一样事物，都是献给我们的一个礼物。但是，这一礼物必须被包裹在一层层的包装之中，以突显礼物的价值。我们需要从过程中获得乐趣。一层包装被揭开了，还有另一层。里面的一层中还有里面的一层。我们所能做的，就是一点点儿向中心靠拢……突然，礼物从深邃的内部透出了光亮，在照彻我们心灵的一瞬，也用这光芒掩住了我们的视线。

未知和困惑。困扰的难题。谜一般的生活。生活中总是面对一个个未知，一个个令人难以决断的选择，卡夫卡曾带着困惑说："假如有轮回转世的话，那么我连最底下的一级台阶还没有踏上。我的生活是出生前的踌躇。"

这意味着，从某一方向看来，我们对这个世界一无所知，因为，世界是由一个个复杂的岔路组成的，你根本不知道你的选择会把你带到哪里。即使这个世界上只有两个人，也会让你难以决定，你会不会将自己的命运和另一个人连在一起？这一问题，是一个严峻的问题，不能逃避的问题，你必须做出回答。但是，一个更让人难以解决的问题出现了，那就是你很难做出回答。

卡夫卡在一篇日记中曾谈到这一困境。他说："两个人在一起时他觉得比一个人时更孤单，如果他同另一个人凑成两个人，那第二个人将会来抓他，而他只能听任摆布。在他一个人的时候，尽管整个人类都来抓他，但无数伸出来的胳膊互相纠缠，于是一个也抓不着他。"人为什么要抓住另一个人？实际上，这仅仅是一个譬喻。一个人因为和另一个人的关联性而失去了完全的自由。整个人类和一个人的关系，乃是彼此纠缠的关系，在这样的纠缠中人可以在另一个层面上挣脱束缚。一种彼此力量的抵消。一种关注力的分散。或者群体对个体的忽略。

两个人就不会这样，简单的两个人，会使问题变得复杂。这就是卡夫卡面对两个人的境况时显得更为焦灼不安的原因。内心深处充满了斗争，一个人是孤独的，两个人更孤独。一个人面对这恐惧，两个人同样充满了恐惧，那么，源自人性的爱的愿望如何实现？卡夫卡为此写下了一篇内心思考，以自己熟悉的类似于寓言的方式将自己真实的情感记录下来。这是他的独特习惯，也是他的生活方式之一。

他仍然将自己的想法融入一个故事之中——“她睡着了。我不叫醒她”。显然，所讲述的是两个人之间的故事，而且，是男与女之间的两性情感。爱情，爱，令人向往的崇高感情。她甚至象征着最美好的东西。当她睡着的时候，这个空间里就只剩下了一个人，剩下了孤单和寂寞。如果叫醒她，那又会怎样？这简直就是莎士比亚剧作中的著名台词：生还是死，这是一个大问题。现在可以在这句台词的基础上做一点儿小小的修改：一个人还是两个人，这是一个大问题。

卡夫卡这样看待这一问题，他说：“这是我的不幸，又是我之所幸。”这句话的意思实际上说出了选择和自由的关联性。上帝给你选择的机会，意味着你获得了自由，然而这自由又会给你带来窘境——你不知如何选择，选择的愿望化为选择的痛苦。迷茫的痛苦。身处一片荒野上难以辨认归家的道路的痛苦。这种境况在某种意义上说是难以描述的。这样的时刻，最好的表述就是采用比喻。他写道：“谓之不幸，是我不能叫醒她，我的脚不能踩上她的屋子那滚烫的门槛，我不认识去她家的路，我不知道那条路所在的方向，我离她越来越远，无力地像一片叶子被秋风吹离它的树，再说，我从来没有在那棵树上待过，是秋风中的一片叶子，不错，但不是来自任何树。谓之幸运的是，我没有叫醒她。如果她从铺位上站起来，如果我从铺位上站起来，像一头狮子从铺位上站起来，而我的吼叫闯进我战战兢兢的耳朵里，那我该怎么办呢？”

卡夫卡曾在一句感想中说：“我爱她，但不能跟她说话，我窥伺着她，以便不与她相遇。”

实际上，这样的比喻，乃是比喻中的比喻，以比喻的方式构筑起一个更大的比喻。叫醒一个人，唤醒了爱、爱情以及其他，就意味着你必须为此承担。选择一旦成立，选择就已经死亡，上帝赋予你的选择的权利、短暂的自由就会终止。而在选择之前，你是自由的，但同样是迷茫的，“我不知道那条路所在的方向，我离她越来越远，无力地像一片叶子被秋风吹离它的树……”但是，给你的自由的权利必须用于抉择，那样一切都会被唤醒，她，你，都会从各自的铺位上站起来，你会为此发出吼声。从某种意义上说，选择前的自由是多么珍贵，然而那又是多么迷茫、寂寞、孤独……

21. 无奈的挣扎

卡夫卡时刻感受到身边有一种无形的力量控制着自己，这是一种什么力量？说不清楚，也不可能说清楚。感受到的必定存在，却不一定能够描述。有时候，他会说："这是个平常的日子，它向我露出了牙齿，我也被牙齿缠住了，无法脱身。"这是多么让人不可思议。平常的日子，也就是每一个日子，都藏着可怕的牙齿。也许还是十分锋利的、凶狠的牙齿。关键是，"我不知道它们是靠什么缠住我的，因为它们并没有咬合；我看到的也不是整齐的两排牙齿，而只是这儿几个，那儿几个。我想抓住它们，从它们上面翻越过去，可就是办不到"。这样的境况，好像一个人不小心掉入了猎人的陷阱中。

人、社会、法律、制度、家庭以及种种关系，人的生存所必需的条件，等等，构成了强大的力量，它们从四面八方向他压过来，他感到自己正在一些散乱的、既不可清点也不可理解的牙齿之间生活。这些牙齿虽然还没有咬合在一起，但它们随时可能这样，那么，他将无处可逃。他试图翻越、逃逸，但是经过种种尝试，发现这是不可能的。卡夫卡不会对所面对的事情做详尽的叙述，也不会对此进行细腻的解析，他只是说出自己的感受，说出确实存在的、难以了解的压迫和梦魇。他甚至说不出这些令他窒息的事物究竟是什么。

为了让我们理解他说的东西，他对这种感受反复借用比喻来说明，就像一个患者对医生反复描述自己的病情一样，他只是说这儿不舒服，那儿感到异常，但经常弄得连自己也感到糊涂了。可有一点是肯定的，就是哪儿出了问题，一定有什么原因。这需要医生做出判断，并用自己的知识和经验来处置。所不同的是，卡夫卡面对的不是自己的身体，而是更为复杂、诡秘的精神世界，甚至这些令人难解的压抑感来自隐秘的生存环境，它只为我们感知，不为我们表述。

所以，卡夫卡必须运用一个又一个的隐喻，一个又一个的故事，一重又一重的文字叠加，以及一种又一种的暗示手法，将那些深埋于内心的东西挖掘出来，呈现于表面。他所做的，事实上是不可能的事情，越是不可能，就越是激起了他的欲望。于是，他说一次，人们不理解，就说第二次，人们还不理解，那么就说第三次……当人们对他所说的不能忽视的时候，发现他所讲述的实际上是一个谜，这个谜，不仅我们难以深入其中，连讲述者自己也同样地颇费猜测。

但是，意义和价值不在最后的解读上，而在于讲述之中。卡夫卡继续谈论自己的感受："你说我应该继续往下走，可我已经在很深的深处了，如果非要那样不可，那我宁可留在这儿。这是什么样的空间啊！也许已经是最深的地方。但我愿意待在这儿，但求别强迫我继续往下降。"在这里，你是谁？你究竟说了什么？卡夫卡没有说，但我们知道这是一种强大的、具有支配性质的力量，你，甚至是一种隐秘的、令人难以摆脱的纠缠，你所说的，我必须被迫地，甚至是违心地予以服从。

为什么要继续往下？这是不可追问的问题，也许继续向下走，已经就是全部的答案了。任何可怜的祈求都无济于事。在卡夫卡看来，他所到达的地方已经是最深的地方了，可这样仍然不行。这是一个永远无法办到的事情，一个凭靠自己的力量难以实现的目的，一个被强加于身的目的，但仍然必须执行的指令。因而，这也是令人痛苦的原因。

卡夫卡在一个既有形象感又高度抽象的表述中，谈到了一个令人费解的形象，甚至具有戏剧性的一幕："她坐在桌边，看着桌面。我围绕着她转圈，感到被她扼住了脖子。第三个人在围着我转圈，感到被我扼住了脖子。第四个人围绕第三个人转圈，感到被他扼住了脖子。就这样一直延伸开去，直到星星的运动，以至更远。一切都感觉到颈部被扼。"

这是一种来自宇宙的灵感，一种宇宙几何学。太阳围绕着银河系转圈，行星围绕着太阳转圈，地球围绕着太阳转圈，月亮围绕着地球转圈。卡夫卡将它用于一种人际关系的想象。每一个人的四周都有别人在旋转，每一个人都在围绕别人旋转。这种神秘的关联，让人感到了失去自由的窒息，也就是说，感到被扼住了脖子，不能畅快地呼吸，感到压抑。卡夫卡用自己的想象，建立了人与人之间相互转圈的模型。这种模型的特点：首先，它与大的宇宙现象具有相似性，或者说，这乃是宇宙属性的延伸；其次，它是彼此遏制的，它限制了人的自由，给人一个呈几何性质的牢笼。当然，为什么是转圈而不是别的路线？

因为每一个人都具有一种天然的磁性，这是一种有意味的磁吸效应。就像牛顿的万有引力一样。所以，卡夫卡在一开始就作了明确的暗示："她坐在桌边，看着桌面……"他讲述的起点中，使用了"她"而不是"他"，他从具有吸引力的异性开始自己的故事，这有着不同寻常的深意。这样，这一故事所展现的不仅仅是令人窒息的情景，其中还含有令人窒息的原理，它甚至可以用一个简单的方程式来运算。

22. 记忆的误差

有些谜语是可以猜出的，即使它十分复杂。在中国的古代，一个王后受命解开一套玉连环。这是对一个人智力的考验。那时曾有各种复杂的连环设计，难倒了许多博学多闻的高士贵胄。可是这个玉连环被王后用锤子轻轻一击，就变得粉碎。这是对连环的最好也最简单的解法。也是对这一连环的材质的最具智慧的反击。或者，它说出了一切谜题终极意义上的虚幻。

然而，卡夫卡设计的谜题本身已经给了你虚幻的一面，让你在接近它的时候，将自己虚幻的命运拖入了其中。他针对游泳的事实，说出了游泳的不可能性。这是对现实中许多事实的挑剔和蔑视，甚至他试图揭示表象的不可信。他的言辞简短、简洁、明快，却充满了诡计；他的讲述认真，或者过分地认真而变得令人难以置信。他说："我像其他人一样会游泳，只是我的记性比别人好，就是忘不了以前的不会游泳。由于我不会忘记，会游泳对于我来说无济于事，到头来我还是不会游泳。"

从表面来看，这里的前一句被最后一句话所否定，意义在剧烈的矛盾冲突中归于虚无。或者说，在相关的句式之间发生了完全相反的意义转折。那么，这样的话语似乎等于什么也没说。可是，卡夫卡为了说出这句话，显然对自己的内心所思进行了精心的提炼，选择了最为适宜的表述语言。那么，他究竟要通过这样令人迷惑的方式说出什么？

（1）他像别人一样会游泳，但是，（2）他的记性比别人好，所以，（3）忘不掉以前的不会游泳，所以，（4）还是不会游泳。从逻辑角度看，一切都是严密的，几乎无懈可击。这意味着，一个人本来就会游泳，这和别人一样，没什么值得谈论的。但是因为记忆的不同，结果发生了变化。这是从行为到记忆，然后到精神的一种转换。这一事实说明，一个人的记忆会改变事实，也会将自己本来具有的禀赋删除，转回原初的状态。记忆在某种意义上说，是一个人失去自我的原因。

人将因为自己的记忆力而变得更加迷惘，从前并没有消失，它总是通过记忆控制着我们的现在和未来。这将使许多事物得而复失。这里暗含了一个人精神失落的根源。那么，我们将给出一个令人难以置信的推论：我们记住的东西越多，失去的东西也就越多。这样，一个谜题就引出了另一个谜题，卡夫卡为我们设计的是一个谜题的连环计，以至于我们必须像中国古代的王后那样，将这一连环用坚硬的铁锤轻轻打碎，才能获得其中真谛。

23. 另一面

在卡夫卡的世界中，动物的形象占据了一定的位置。这是因为，从进化论的角度看，人不仅仅是动物的一部分，还是从低等动物逐步演化而来的。因而，在人的世界中，一直笼罩着动物的影子，或者说，我们从来没有脱离动物界。走出森林远离动物界，仅仅是我们一厢情愿的幻觉。这也许是为了增强自己未来的信心、满足自己的虚荣所杜撰的一个童话。这一童话掩盖了真实。

卡夫卡曾在一篇日记中谈道："纵览一下人与兽的群体，认识他们根本的嗜好、愿望、道德、理想，追溯他们的本源——那些简单的规范，我们、我自己也尽快朝他们所去的方向发展，以求所有人对我的满意。这样使人满意（这里出现了飞跃），即我既不失去大家的爱，又作为唯一不用下油锅的罪人，能够公开地，当着所有人的眼睛，将居于我内心的卑劣的东西抖搂出来。总而言之，我所关心的唯有人类的法庭，而且我想欺骗这个法庭，当然是无骗局的欺骗。"——在这里，他感到了人类法庭的存在，以及审判的理由。人与兽的区别，他们各自不同的生活规范和内容。兽的自由与人的卑微。为了让四周的人们感到满意，又不会成为罪人，这是一个深邃的镣铐。

他常常看到自己怯懦的、被奴役的一面，实际上，这是人类普遍的生存状态之一，却一直遭到忽视，甚至，许多人面对这样的事实从来不予承认。卡夫卡面对这样的一个世界，不得不将自己的真实感受讲出来，他将自己先变为一个动物形象，然后再讲述自己的命运。他说："预感到有人要来，我便瑟缩到一个屋角，把长沙发横在我的面前。现在有人进来，一定会认为我神经不正常，可是真的走进来的这个人却没有这样认为。他从他的长统靴中抽出他的驯狗鞭子，在他身周一个劲儿挥舞，跳起来，又岔开两腿落在地上，喊道：'从角落里出来！还想躲多久？'"

人是从什么时候变为动物的？卡夫卡没有说出来，他也许并不在意起点，而只是面对事实。就像一个童话故事的讲述，一开始，都是"从前"或者"很久很久以前"，故事发生的时间并不是十分重要，重要的是故事的内容。所以，从动物的角度谈论问题，便成为人讲述自己生活的一个角度。而故事中的人，则已经是凌驾于自己之上的强大力量的象征，也许这力量来自外部世界，也许这力量乃是从自己的灵魂中分裂出来的。不论如何，这种强大的力量不仅存在，而且不断对自己构成威胁，使自己被迫地接受其奴役和驱使。

类似的变形故事，他曾在一篇公认的经典小说《变形记》中讲述过。《变形记》一开始就说，一个推销员在一天早上从梦中醒来，发现自己躺在床上变成了一只大甲虫。然后便讲述人变为一只丑陋动物之后的一连串遭遇，他不断遭到不公平的对待，最后被彻底抛弃。

其中深邃的寓意不言自明：人的动物性的一面一旦被揭示，他便失去了做人的权利，也不可能再次获得与别人沟通的可能，最后的命运必然是被世界遗弃。那么，为了保持自己的一点儿可怜的尊严，最好的选择可能是虚伪的生活——虚伪可能成为人的本质之一。

当然，我们还可以有另外的解读。它的魅力正是来自它给我们展示了多种切入的角度，用神奇的多棱镜展开了光的七彩。卡夫卡用自己的想象力，提供了一个个多疑的生活摹本，让我们从各自的经验中寻找其中的对应点，世界呈现出了多重的对称奇观。从卡夫卡的镜面上，我们不仅看到自己的面孔，还可以经常窥视到自己的奇特的灵魂。

在卡夫卡的世界中，人的伟大的一面、智慧的一面、勇敢的一面，乃至我们经常赞颂的美德，令我们感到自豪的东西，突然消失不见。相反，人的卑微的一面、冷酷无情的一面、隐秘的丑陋的一面，突然展示出来，令我们无地自容。你会问，那真的是我们自己吗？卡夫卡给予肯定的回答："是的，你从镜子里认真看看自己吧，你会看到自己不曾认识的另一个自己！”他用讲故事的方式娓娓道来，直到让你彻底信服，承认那个自己一点儿都不愿接受的惊世骇俗的结论。

现代世界对人的种种挤压和异化，使我们从自我肯定的自信中退缩到了一种卑微状态。于是，他便自然而然地预感到自己置身于一个被奴役、被监管、被支配的过程中——整个世界演化为一个强大的形象，他随时会出现在面前，并从他的长统靴中抽取出用来驯兽的鞭子，不断地挥舞，逼迫躲在角落里的人现出自己的原形。尽管“我瑟缩到一个角落，把长沙发横在我的面前”，但这样的防御方式仍然无济于事，面对一个强大的不可抗拒的呵斥，面对挥舞的鞭子，你可能没有别的选择。这意味着，我们的生活，已经把人变为驯兽师鞭子下的动物，失去了自尊、信心、前途、自由以及本来应该有的一切，只剩下了恐惧、时光的折磨和痛苦的对人生终点的等待。

24. 尾巴

人生是迷惘的，而且越是向前走，越是可能迷失方向。他曾将人生的过程比作在林间小路的行进。他说：“我不断迷失方向。这是一条林中小路，可是十分容易辨认，只有在它的上空看得见一线天空，其他地方全都是林木茂密，一片昏黑。尽管如此，我仍然不断地、绝望地迷失方向，而且：一旦我离开这条路一步，便意味着深入林中一千步，绝对地孤独，我真恨不得倒下去，永远不再爬起来。”在这里，他不断迷失方向，是因为自己不知道小路会通向何方，小路的方向成为他的方向，实际上，他被一条林中的小路绑架了。他不敢离开小路一步，在密林中除了小路之外可能再也没有其他道路了。

这是他感到绝对孤独的原因，迷失方向和孤独感相伴，这是一个关于现代生活中人生处境的譬喻之一。那么，人们沿着小路就可以找到自己的目标吗？或者永远沿着小路行进，所有的目标仍是在自己行进的路途中？在卡夫卡看来，好像两者都不是，而是在行进中每时每刻试图抓住什么东西，这是我们生活的意义所在。实际上，这个试图抓住的东西，很难让我们如愿以偿，这是造成我们迷惘、孤独和痛苦的重要原因。

此时，他同样用动物做比喻。“这就是那个长尾巴的动物，一条长达好几米的尾巴，像狐狸那样的尾巴。我很想把这尾巴抓到手里，但是办不到，这动物老是动个不停，尾巴老是甩来甩去。”这是一种什么动物？卡夫卡没有告诉我们，好像他自己也未必知道。他只是不断告诉我们这一动物的形象特点。他只是说：“这动物像一只袋鼠，但它那几乎像人那样扁平、椭圆形的小脸上无特点可言，只有它的牙齿颇有表达力，无论是遮掩着还是龇咧着。有时我有一种感觉：这个动物想要训练我，要不然它为什么总是在我下手去抓的时候把尾巴抽开，然后又静静地等着，直到我再度受到诱惑，它又一次跳走呢？”

这段话中充满了微妙的暗示，它描述了眼前面对的动物的模样——像袋鼠一样敏捷，像人一样的脸上却没有什么特点，这实际上意味着普遍性。然而它的牙齿具有表达力，那么用牙齿表达什么？一般的，动物的牙齿功能，一方面要把食物撕开、磨碎，另一方面对自己的猎物或者对手亮出自己的武器，示威，恐吓、威胁对手。卡夫卡实际上指出了面前动物的威慑力，而且，这一动物一直用牙齿表达，对一切来犯者予以警告。

由于这个动物的尾巴对人有着不同寻常的诱惑，因而人总是想抓住这条长长的尾巴。这一企图带有一定的危险性，充满了挑战却也给人的孤独感、迷惘感带来极大安慰。可以想见，它的意义是巨大的，其中含有“我”生活中不可缺少的一项重要使命。于是，“我很想把这条尾巴抓在手里”，但由于动物不断处于运动状态，使这一目的很难达成。最后，卡夫卡意识到，事情变为两个角度：一个角度，当他接近并试图抓住这条尾巴的时候，动物便敏捷地躲开了，就在他即将成功地抓住它的时候，尾巴迅速抽开。另一个角度，那就是这个动物仅仅是为了对人进行训练而存在，它的唯一使命就是在人即将抓住它的尾巴的时候，迅速闪开。

这样人生的意义就在于，与这一眼前的动物进行博弈。上帝对此进行了完美的设计，用这样的方式赋予人以生活的意义。事实是，你既不可能抓住动物的尾巴，也不会将事件引到一个确定的结局上。动物的存在，这一具有长长的尾巴的动物的存在，实际上就是你的一部分，它已经确切无疑地加入到你的生命的设计中，只不过你不可能一开始就看到这张永远处于矛盾状态的、彼此制约借以消耗时光的精巧的设计图。

25. 将军

当野外工人晚上收工时，在回家的路上看到一个缩成一团的老人，好像半睁着眼睛在打瞌睡。这是一个故事的开头。他为什么待在这里？他是谁？他怎样了？一连串的谜团，一连串的悬念。卡夫卡善于从最简单的地方入手，引出一个又一个复杂难解的谜团。这是卡夫卡独特的方程式。这样的方程式的重点，一般不在于立即找到一个解，而在于解体的多种思路、各种可能性，以及最后陷丁的困境。

请看卡夫卡的描述吧。"给人的第一印象是他喝醉了，可他并没有喝醉，看上去也不是生病了，也不是受着饥饿的折磨，也不是受了伤而筋疲力尽，至少他对所有这些问题一概报以摇头。"是的，这太难以捉摸了，他什么都好好的，可就是在一面斜坡上缩成一团。他如此健康，却显得像病了一样。问题在接下来的疑问中变得更加扑朔迷离。剩下的是一个接一个的对话，除了老人承认自己是一个将军之外，其他的问题一概被否决了。

为了解除野外工人的疑惑，问答开始了。问："那么你到底是什么人？”回答：“我是一个大将军。”问：“原来这就是你的痛苦？”答：“我真的是将军。”“没错，”人们对他的身份表示认可，“要不然你又能是谁呢？”“你们爱怎么笑就怎么笑吧，”他说，“我不会惩罚你们的。”“可是我们根本就没有笑啊，”人们说，“你想是什么就是什么吧，如果你愿意，你可以是上将。”“我确实是，”他认可这一点，“我是上将。”“你瞧，我们已经看出来了。但这不关我们的事，我们只是想提醒你，在这儿过夜会冻坏的，所以你应该离开这儿。”答：“我走不了，再说我也不知道该到哪儿去。”问：“你为什么走不了？”答：“我走不了，我也不知为什么。要是我能走，我在那一瞬间又将成为我军队中的将军了。”问：“他们把你扔了出来？”答：“扔一个将军？不，我是掉了下来。”问：“从哪儿掉了下来？”答：“从天上。”问：“从那上面？”答：“对。”问：“你的军队在那上面？”答：“不，可是你们问得太多了。走你们的吧，让我一个人待着。”

一切看起来真是太离奇了。一个人出现在一个地方，他来自哪里、什么身份、做什么都是一个谜。我们只是知道，他看上去十分痛苦。他究竟因什么而痛苦？路过的野外工人和我们一样很想揭开这个悬念。于是，一连串的对话，将我们引入了谜团的深处，乌云的深处，结果我们发现，乌云深处依然是乌云，谜团深处还是谜团。这个人认为自己是一个将军，一个将军应该是春风得意，指挥千军万马的呀，可是眼前的这个人却十分痛苦。人们善意地告诉他，不能在这儿过夜，否则将会冻坏身体。但是这个人显然不接受这样的好意，不是因为他不知道待在这儿的后果，而是他走不了。他走不了的原因是神秘的，连他本人都不知道为什么会这样。

然而，他提供了一个可疑的线索：“要是我能走，我在那一瞬间又将成为我军队中的将军了。”这是为什么？他是一个将军，于是他不能走，如果他能走，将会回到将军的位置上。这说明，他是一个将军的话，实际上已经失去了他的军队，是一个失去了军队的将军。因为失去了军队，于是一个将军必须停在这个坡面上。这是对他的惩罚，还是怀有特殊的使命和责任，还是说是一个重大计划的一部分？这些都是一个谜。重要的是，他不能走，只有一种选择，或者是别无选择，他只能待在这个地方忍受痛苦。

他的从前、他的来历以及他离开军队的原因，似乎已经不那么重要了。当人们追问他究竟是怎样离开自己的军队的时候，他的回答是从天上掉了下来。他显然在回避这个问题，他不愿意告诉人们他自己的从前，他只是面对现实的处境。由此可见，一个将军因某种原因脱离了军队，他的将军身份也因此失去了意义，然而他是一个将军，所以仍然牢记着自己的使命，他的命运最终因一个已经失去意义的身份而被迫钉在自己的使命上。

从某种意义上说，卡夫卡想说的乃是我们每一个具有社会身份的人，只不过一个将军的出现更符合童话的要求，他的出场也更加耀眼，他的沦落也就更加具有反讽的意味。何况，在野外工人的眼中，他的将军身份并不是确切的，甚至是一个笑料。这种令人怀疑的身份，实际上指出了将军只是一个代号，一个具有普遍意义的符号，这一故事就指向了更为宽广的范围，甚至是出于社会生活中的所有人群。人们总是生活在自己的位置上，而这样的位置往往被自己的身份所决定——这样，一个虚无的符号成为生活的意义和理由。

另一方面，野外工人也是故事中不可缺少的角色，他们是大众的代表。他们尽管见证了将军的痛苦和不幸，但他们仅仅把它当作一个笑话，从来没有认为这是一个严肃的故事，它不仅发生在自己的眼前，还暗示了自己的命运。真正的寓言实际上总是被我们的生活所讲述，但我们对这样的寓言总是视而不见——这是我们难以摆脱愚昧的原因之一。

26. 伤口

“他把脑袋转到一边去，在这样露出的脖子上有个伤口，在火热的血和肉中沸腾着，这是一个闪电击出来的，这个闪电现在仍然持续着。”这就是说，一个人的伤口总是处于被遮掩的状态，只有他把自己的脖子转到一边，才会显露出伤口。人有着掩饰自己的性格。问题是，他总会在某一个时刻将脖子转到一边，掩饰的效果是，说出了自己的掩饰，伤口仍然暴露出来。

更为可怕的是，这个伤口并没有愈合，他仍然处于被伤口折磨的痛苦之中，因而造就伤口的原因——闪电，就会持续下去。卡夫卡认为，一个人的痛苦来自不愿意承认痛苦，以至于痛苦的根源也深深地被遮掩了，它在这样的遮掩中得到了保护，本来闪电的发生是瞬间的事情，但这瞬间的事情竟然一直延伸下去。

27. 工作的理由

卡夫卡设计了一个令人绝望的图景：你并没有被埋在矿井里，也没有大量的岩石把你与世界及其光线隔离开来，你的处境恰好相反——“你在外面，想要突破到被埋在里面的人那儿去，面对着岩石块你感到晕乎，世界及其光线使你更加眩晕。而你想要救的那个人随时都可能窒息，所以你不得不发疯一样地干；而他实际上永远不会窒息，所以你永远也不能停止工作。”

逻辑的转换和语言的迷宫。在外面的人已经对被埋在矿井中的人做出了想象，于是发疯地工作，以便救出里面的人。那么，他的想象完全不等于现实，里面的人根本不是他所推测的那样随时可能窒息，而是这种状况根本不会出现。一个人，外面的人，实际上一直为自己的一个想象发疯地工作，却不知道这样的工作并没有意义。

意义完全是自己附加的，使自己给了自己一个拼命工作的理由。最后，也可以这样理解，被埋在里面的人永不会窒息，所以外面的营救者永远不会停止营救工作。他所没有想到的一面，事实上代替了自己真实的原因。

对于这一点，我们深有体会。当我们为某件事情付出劳作的时候，有时会发现事情的真相完全不是我们所想象的那样。它和我们设想的完全是两回事。但是我们不知道，只知道我们想象中的事实。最后，我们实际上把想象和真实混在了一起，未知的事物暗地里主宰了我们的生活。

卡夫卡指出了我们工作的特点，一般来说，我们的所有工作都被赋予了紧急的意义，但实际上这些工作的性质并没有被我们充分认识，我们所知的仅限于我们自己的想象，包括工作的目标和工作的价值，我们已经被一层层“岩石”阻挡在外面，我们甚至永远不可能知道真实的情形，也不会了解我们劳动的真正意义。我们只是借助了某一个不可轻视的理由，一直埋头工作。这样，工作就成为工作的唯一理由。

28. 共同点

1912年7月15日，这是一个极其平常的日子，平常到我们不可能记住它。这一天，由于记日记的习惯，卡夫卡记下了自己一天中最重要的感受。他读了一本书，并看到不远处草地上躺着一位赤裸的老先生，“一把雨伞支开在头上”。这让他浮想联翩……他想到了柏拉图的《理想国》中的一些话，也想到了福楼拜书中关于卖淫的描写……结论是，“裸体对具体人整体印象产生重要影响”。

这些联想似乎无关紧要，一个裸体，以及另一个裸体，意味着不加掩饰的真实。但是，这样的真实对于人——具体的人，却有着重要意义，他将之展现的后果会给别人以不同的印象，人们会就一个裸体印象和穿着衣服的那个人的印象加以对比，并联想到裸体所代表的本能，裸体暗示了人性中隐蔽的一面。月亮永远将它的一面呈现给地球上的仰望者，但这些充满好奇心的观测者可能更想看到背对我们的另一面：月球的背面有没有环形山？有没有别的什么？或者还有更为神秘的事物？

揭示是一种可怕的暴力，它剥掉了外表，一些看上去令我们向往的东西，一点点掉了下来，真相裸露无遗。它还平息了令我们激动不已的好奇，将世界平庸的，甚至丑陋的一面，放在面前，增加了人的厌倦。

卡夫卡无意之间将自己的一个梦告诉了我们，他可能认为，这个梦能说出点儿什么。他简单地将这个梦记录下来——风浴协会用一场斗殴消灭了自己。这个协会分出的两派先是互相讥嘲了一番，接着一派中有个人走出来向另一派的人喊了一句什么，另一派的人似乎没有听清对方的意思，便将那句话重复了一次。然后，前者肯定了对方的回应："当然。"就这样一场斗殴开始了。

这意味着，人们的互相斗殴并不是因为观点不同，而是因为彼此持有相同的想法。这是共同点的斗争，分歧只是一个借口，是共同点的借口，是斗争的需要。风浴协会，仅仅是一个为了健康而设立的组织，它似乎是因为人体的某种需求而将人们聚集在一起。然而，这些人分成了两派，显然分成两派更符合聚集在一起的需求，也更符合人的本意——以这样的方式将这个因需求而设立的组织摧毁。

或者还有另一层含义？两派中的一方喊了一声，并不是为了告诉对方什么，而是故意让对方不能领会自己的意思，从而激怒对方。另一派的人没有听清楚对方的意思，重复了一遍对方的话语，不过是为了表达对方说了什么。于是，不是为了一句没有听清楚的话，也不是为了怀疑对方话语的真实含义，仅仅是为了用一句话点燃一个毁灭性的礼花。毁灭才是斗殴的根本原因——人们的一切意志并不是真实的意志，如果追寻这一真实意志的话，人们必须通过分成两派，然后斗殴来显示结果。

卡夫卡这个梦是什么时候做的？要么，他是在前一天的晚上，要么他是在这一天的某个时刻小憩时获得的，一个梦，一个灵感。卡夫卡的梦境不是为了占卜，不是为了安慰，而是将他的思想灌注到了其中，以便安慰一个孤独的灵魂。

29. 否定

“为什么提问是毫无意义的？诉苦意味着：提出问题，然后等待答复。然而自己在问题产生时不能做出答复的问题则永远得不到答复。在提问者和答复者之间不存在距离。”他紧接着补充说，“不存在有待克服的距离。所以提问和等待答复是没有意义的。”卡夫卡看出了提问的无意义，但是也看到了生活的本质乃是提出问题并等待回答。事实是，回答也没有意义。他认为，提问和回答之间存在的距离是零，也就是说，提问和回答是一回事，提问已经包含了答案，回答也早已存在于提问之中。

这里存在着对世界的极端怀疑和极端肯定。没有意义的事情根本就不必做。你既不要提问也不要回答，面对巨大的沉默，一切喧嚣都将被淹没。但是，在第二天，卡夫卡就写下了这样的日记：“无法解答的问题：我受到挫折了吗？我在衰落吗？几乎所有的迹象都给予充分的答复（寒冷、迟钝、神经状态、精神涣散、工作中无能、头疼、失眠），几乎仅仅是希望在唱反调。”

他的话音未落，就食言了。他对自己不断发出提问，并且试图做出回答。他的内心充满了矛盾，实际上，生活中不能没有提问，也不能忍受一个没有回答的世界。如果从源头上取消了提问和回答，剩下的将是无边的寂寞和无边的孤独。那么，只有一个选择，就是不断地提问，不断地等待回答，在这样的提问和等待中，获得生活的意义。卡夫卡试图否定这一点，实际上包含着内心的极度渴望。就像一个为某一理由绝食的人，极力否认自己对食物的需求。

没有提问、没有回答，就等于失去了沟通的可能。在这样的沟通过程中，提问越尖锐，回答越生动、有趣，沟通就越是令人愉悦。生活中生气勃勃的一面就会从沟通中显现出来，就会激发人的信念和生命深处孕育的激情。就像一个人在漫漫长夜中赶路，他有着明确的目的地，而且做好了一切行路的预备，但驱赶寂寞的方式莫过于寻找到一个同路人。倾听其脚步声，并且和他交谈。交谈一般从提问开始，以回答结束，这些提问和回答便成为行路过程中的全部意义所在，他因这寂寞的驱使，也因孤独的交融，提问和回答最后被遗忘了，长路却因为这些被遗忘了的内容而一点点儿度过。无意义的事情，被意义本身覆盖了。

卡夫卡做出这些思考的时候，可能是从他自身的特点出发的。他实际上并没有隐藏这一点。他的性格决定了他的说话方式，也决定了自己与别人沟通的障碍。意义实际上在一个独特的性格面前中断了。他曾经坦率地承认："别人一定难以相信，我同家人说话时会那么困难。其原因是我的思想，或者说得更准确一些，我的意识内涵是非常朦胧的。在只涉及我自己的时候，我可以很安然，有时甚至很满足。但人与人的对话需要尖锐性、肯定性和连续性，这些东西是我所没有的。谁也不愿意同我一道处在朦胧的雾中，即使他愿意我也不能把雾从额头里赶出来，如果它在两个人中间消散了，那也就什么都不存在了。"

于是他得出一个令人绝望的结论：每个人都爱另一个人的本来面目。但作为本来面目的他自己却觉得不能与他人共同生活。卡夫卡的结论针对他自己，而他自己不是一个人，而是代表着一种类型，一个群体，尽管可能是一个很小的群体，他仅仅在人类社会中占有极小的比例。卡夫卡就是这样的群体中的一个代表，他思想的朦胧带来表达上的绝望，以至于最后不再愿意表达。尽管如此，仍然不能解决自己内心深处的矛盾——他曾经在一些碎片似的断想中指出："以往我不能理解，为什么我的提问得不到回答，今天我不能理解，我怎么竟会相信能够提问。但我根本就不曾相信什么，我只是提问罢了。"

提问，仅仅是提问，没有别的什么。因为这样的提问已经足够引发联想，它仅仅是不相信的一种表述，无意义的一种表述，一种对话的愿望被击碎之后的连不起来的碎屑。

是的，的确在某种情况下会出现对话的障碍，面对障碍也就出现了两种态度和抉择。一种是被唤起了强烈的翻越和突破的愿望，另一种是承认障碍的存在并承认它不可能被翻越和突破，或者这样的障碍也不必寻求突破的途径。卡夫卡属于后者。他既不想突破也不想绕过它。他甚至坚决地否定了一切可能——从哲学上讲，这种否定是一种选择，否定的背后已经出现了意义的影子。

30. 细节

生活中的细节往往暗含着某种认识价值。关键是，许多细节因为其太纤细了，没有在我们的记忆中留下任何痕迹。记忆的筛选具有自己的法则，它只是面对那些能够对我们的心灵产生刺痛的事情，或者，能够使我们获得有价值的愉悦。当然，这要由我们基于个体经验做出有意义的判断。从这一点上看，我们所经历的一切事情，都具有暗示作用，都可能是一个有趣的隐喻。上帝从来不会把我们引入一个误区，它利用我们的行为、周围的场景，以及一切可能利用的背景，告诉我们一些什么。

遗憾的是，世界上没有足够细心的人。人的粗糙的一面，是造成自我认识出现误差的根本原因。在 1916 年的一天，也许是在一个令人愉快的春天，卡夫卡将自己的一个小小的遭遇记录了下来。他可能觉得，这一事件尽管很小，完全可以忽略，但其中一定有着另外的深意。这样的生活细节，我们每一个人都可能遇到过，甚至在自己的记忆中出现小小的印痕，但它不过是一件小事情。

卡夫卡是这样叙述的——为了叙述更加中立，不带有自己的情感色彩，他采用了第三人称："他想打开通向过道的门，但它抗拒着。他看看上面，看看下面，找不到障碍何在。门没有锁上，钥匙就插在锁眼里，假如有人试图从外面锁上门，钥匙就会被顶出来。再说谁又会来锁门呢？他用膝盖撞门，只听毛玻璃哗哗作响，可是门仍纹丝不动。瞧吧。"

卡夫卡一贯的讲故事的方式。一扇门需要打开，但发生了问题，又找不到原因。或者说，他的种种尝试都失败了。这是怎么回事？——接着，"他回到房间里，走到阳台上向下面的大街望去。还没有来得及用自己的思想来理解那普通的生活场面，他就又回到门边去再度试着开门。但是，不必试了，门一下子打开了，几乎用不着去推，随着从阳台上吹入的风，它飞速散开了；毫不费劲，就像跟小孩子开玩笑，让小孩子去碰门把，而实际上是大人在暗中拧动。于是他进入了走道。"

这就是事实的全部，平凡，琐细，甚至毫无趣味。卡夫卡不在乎这些，他只在乎其中的寓意。事件的突然性，让人猝不及防。它超出了心理预期。原先设定的理由消失了，代之以一个让人瞠目结舌的结局。为什么我们使尽各种办法做不到的事情，事情却突然结束了？风的作用？神的作用？一定有什么不被我们认知的力量参与了生活。否则，一个小小的生活细节就难以被理解。

这件事情充满了神秘主义的色彩。它类似于一个关于幽灵的事件。幽灵只存在于传说中，但是一扇过道的门的打开却出现在生活中，它如此真实，根本不需要怀疑。我们从这一故事中只能感到生活的神奇，它和传说之间并没有不可逾越的距离。卡夫卡为了说明用了一个小小的比喻：孩子和大人，孩子碰了一下门把，门就开了，背后的力量实际上来自拧动门把的大人，但是孩子不知道这一点。那么，那个大人藏在什么地方呢?

31. 道路

道路是没有尽头的，无所谓减少，无所谓增加，但每个人却都用自己儿戏般的码尺去丈量。“诚然，这一码尺的道路你还得走完，它将使你不能忘怀。”——卡夫卡生前曾将自己笔记中的一些精髓筛选出来，加以誊清编号。这一段语言，来自其中第 39 条。

这样的表述显然将一切意义归结于记忆。不论一个人怎样看待自己和所走的道路，他都必须去做这件事，即走完自己能够走完的道路。所以，不在于道路的长短，而在于每一个人的丈量，用走路的方式丈量。丈量是为了得出确切的数据，但是这样的丈量是为了让数据失去价值。因为，丈量过程中的体验比数据更深刻，在此过程中，记忆代替了数据。

对于道路，卡夫卡一直将其作为一个直观的、可以一下子就明白的比喻。他曾说，真正的道路在一根绳索上，它不是绷直在高处，而是贴近地面。它与其说是供人行走毋宁说是用来绊人。

这就是说，道路之所以令人不能忘怀，不是因为它的正直，而是因为其弯曲。不是因为它让人行路顺利，而是不断给人以羁绊。所以，道路的质量在于它给人多少艰难、多少痛苦。一根绳索，一根令人忌惮的绳索，贴近地面。当然，它还有另一个性质——一旦走到上面，就已经失去了退路。不论你走多远，也不论你走多近，你在自己起步的时候已经退不回去了。用卡夫卡的语言来表达，那就是：从某一点开始便不复存在退路。这一点是能够达到的。是的，每一个人都能达到，因为他必须走上自己的道路。

那么，道路究竟有无尽头？卡夫卡已经指出，道路具有无限的性质。可是，他又用一个故事来暗示，道路的尽头实际上就在人们停下的地方。他说，“亚历山大大帝尽管有着青年时代的赫赫战功，尽管有着他所训练的出色军队，尽管有着他自我感觉到的对付世界变化的应变能力，他却在海勒斯彭特前停下了脚步，永远不能跨越。而这不是出于畏惧，不是出于犹豫，不是出于意志薄弱，而是由于土地的滞重。也就是说，亚历山大大帝具备了一切跨越海峡的条件，但是他已经走到了道路尽头”。

对于卡夫卡来说，道路具有多重指向，它指向人生的多个方向。所以，他在面对这一意象的时候，仍然保留了自己朦胧的思想，一团迷雾，将一个缠绕自己的灵魂，不断抛开又不断吸附到自己的身上，因而他总是不能确切地说出它的归宿。因此，任何一条道路都可以理解为既有尽头又没有尽头，既然如此，也就无所谓减少和增加了。

32. 信使

国王和信使，是童话世界中的重要人物。国王代表着权力，几乎无限的权力，他是统治者的象征，一个国家的符号。信使代表着传递圣旨的人，没有信使，权力就无法行使，国王的一切也就失去了意义。因而，国王必须通过信使来显示自己的权威，并以此来实现自己对一个王国的统治。

卡夫卡喜欢采用童话的方式来展开自己的思想。这样，故事中的人物就像中国戏剧中的脸谱，让观众一下子就可以看出脸谱的含义，并因此能够识别戏剧人物是谁，以及他的性格特征、社会角色、道德状况，还有可能的结局。卡夫卡仅仅从众多的童话角色中抽取出两个——国王和信使，这里已经包含了讲述者的深刻用意。

在卡夫卡的故事里，国王和信使不是原先就有的，而是可以选择的。所以他一下子就点明："他们可以选择，是成为国王还是成为国王的信使。出于孩子们的天性，他们全都要当信使。"这种选择不是出于别的什么原因，而是出于孩子们的天性——他们喜欢运动，不喜欢一直待在高高的宝座上发号施令。他们会感到，当一个国王是多么无趣的事情。然而，这样的选择却意味着放弃了权力，也放弃了统治一个国家的荣光。这样，在这个世界上，孩子们都当了信使，国王的宝座就成了一个无人就座的空位。“所以世上尽是信使，他们匆匆赶路，穿越世界，互相叫喊，由于不存在国王，他们叫喊的都是些失去意义的消息。他们很想结束这种可悲的生活，但由于职业誓言的约束，他们不敢这么做。”

在这里，卡夫卡用一个童话式的故事，想说出一个关于生活中不可避免的悲剧原因。一切出自人性的本质，也就是“孩子们的天性”。他们不能忍受一个沉闷的、缺乏多样性的世界，不能忍受将自己固定于某一个座位上的生活。这样的位置不论有多高，实际上无异于囚犯。他们渴望自由，丁是选择了四处奔跑的信使，这样，就能够穿越世界，互相叫喊，在精神上得到自由而快乐的解放。而且，他们虽然接受了国王的指令，一旦走出王宫，事实上已经不再受到国王的支配，而是处于一种自由的、解放的状态。

但是，他们会发现自己的一切工作和所负的使命没有意义，因为圣旨的传递必须要有圣旨的来源，也就是说，世界上的事情必须要有一个源头，信使的意义来自一个国王。卡夫卡实际上认为，一个游戏需要一个规则的制定者，世界需要统治，也不能缺乏统治者。信使的使命以及存在的意义，必须依附于一个至高无上的国王。即使这些孩子们已经跑出了王宫，即使他们已经远离了国王，实际上并未实现自由和解放。他们从一开始就有自己的职业誓约，他们的一切并未逃出自己的誓约，他们所负的使命，已经成为紧勒自己脖子的绳索，并毁灭了信使的自由和解放。是的，一个国王必须存在，对于任何一个信使，国王实际上存在于自己所携带的圣旨中，这是意义的核心。国王的缺失实际上就是核心的缺失，也就是意义的缺失。

在一个寓言性质的游戏中，意义的追求已经占据了重要位置。意义是谁赋予的？我们不能一直忍受一个无意义的世界，存在的意义，对于任何样式的工作都变得十分重要。没有意义的生活是可悲的生活。它需要在认识到意义已经不存在的时候结束它。关键是，即便如此，结束将变得十分困难，甚至不可能。因为生活意义的失去并不意味着生活规则的失去，生活的规则本身将让无意义的生活继续下去。

这就是说，人们最终不是在意义中生活，而是在规则中生活，自由从根本上并不存在，不论你当初选择了怎样的生活角色，最后的结果是一样的。这样，自由仅仅存在于选择的时候，不存在于生活的过程中，更不会体现于结局。那么，一切激情澎湃的选择，将演化为最后的厌倦，以及陷于无意义结局的绝望。

33. 消遣

文艺复兴时代的伟大著作《堂吉诃德》，描写了堂吉诃德和桑丘·潘沙的一系列荒诞可笑的故事，令它的阅读者笑声不断。这部不朽的巨著不断被赞扬，人们从一幕幕喜剧中看到了生活中荒谬、悲凉的一面。但是，同样是伟大小说家的卡夫卡对此有另外的理解和设想——两个典型人物，堂吉诃德和他的随从桑丘·潘沙的行为，可能还有不同的解读方式以及出人意料的可能性。

他将事情原因归咎于堂吉诃德的随从桑丘·潘沙。“从未因此炫耀过自己的桑丘·潘沙日复一日地向他的魔鬼——以后他给了他堂吉诃德的名字——提供大批骑士武侠小说充当晚间读物，终于使他走火入魔，毫无缘由地干下了一系列荒唐之事，只因缺少事先臆想的对象——这对象应该是桑丘·潘沙本人——才未对任何人造成伤害。”

卡夫卡接着认为：“桑丘·潘沙，一个自由自在的人，也许是出于某种责任心，满不在乎地跟随堂吉诃德南北征讨，从中获得了巨大而有益的消遣，直到终生。”

从这个角度看，桑丘·潘沙一开始就设计了一个宏大的人生蓝图，并利用了堂吉诃德的悲剧性格。他早已看清了人生不过是为了填充百年时光，是一道色彩斑斓的填空题，实际上是如何将这些时间用于快乐的消遣，所以，他情愿跟随在堂吉诃德身后，骑着驴子，开始了一连串幽默的喜剧演出，自己既是一个演出者，同时又是一个观赏者。用一生的时间从事这样快乐的事业，是值得的。

从本质上说，人生只有三大主题：生存、繁衍、消遣。生存与繁衍出自本能，生存涉及个体能否存在，繁衍涉及种的存续。剩下的一切，就是如何度过剩余的时间。所谓的事业、高雅的行为以及其他有意义的事情，实际上都是我们赋予其意义，并不是真正的意义，它的真意就是消遣，就是用事情，一件又一件事情填满那些空闲。卡夫卡正是从这样的角度，重新审视塞万提斯编织的小说故事。他发现了小说中暗含的另一个玄机。

从这一角度出发，我们还可以看到，古代的一切伟业的创造者，其本质来自个体消遣的巨大欲望。他们正是从自己的事业中获得了巨大而有益的消遣。成吉思汗，横扫欧亚的君王，仅仅是用自己民族强大的武力，南北征讨，在血流成河的杀戮中完成了一次次武装旅游。但是，这样的旅游方式，付出了无数生命的代价，对于成吉思汗来说，这些生命仅仅是实现个人兴趣目标的工具，他们的生活实际上并没有其他意义。

然而，他的个人兴趣创造了意外的业绩，打上了意义的烙印，它意外地改变了历史。

人类往往将那些改变历史的人称为伟大人物，这是因为其力量的巨大，造成了我们看得见的某种变化。但实际上历史的改变没有独特的意义，它的源头仅仅与个人的消遣方式有关。所以，一个人消遣的性质决定了这种消遣的意义被人认可的程度，那就是这种消遣确切地改变了别人的生活内容。科学家、文学家，以及从事其他伟大事业的人们，都是借助了一个被别人认可的意义，进行自己的有益消遣。这样，一切工作都在利用别人对于某一事物的热忱——它的本质实际上是个人的消遣行为。

34. 漂

一个人死了还是活着？仿佛这仅仅是一个医学问题。脉搏的跳动，大脑的运转，血液的流动……医生以此做出生或死的判断。但是，从精神意义上，生或死仍然是一个令人疑惑的问题。因为我们不知道死后会如何，不具备关于死后的任何知识，也就难以认识死的反面——生。也就是说，认识对象所赖以存在的坐标系失去了，给我们留下了一连串的谜团。

卡夫卡写过一篇极其复杂的小说《猎人格拉库斯》。实际上，这仅仅是卡夫卡众多笔记中的一部分。这篇小说至少点明人的生与死之间并没有明确的界限，理由只有一点，那就是不论是生还是死，人始终处于一种漂的状态。漂，是生命的本质特征。在这里，一个人在哪里，到了哪里，留在哪里，等等，都没有真实的意义。也就是说，漂，身不由己的漂，甚至不知道为什么以及确切的支配力来自哪里。因而它更靠近某种幻觉。

小说的描写栩栩如生，让人觉得就发生在现实世界上。他一开始写道："两个男孩坐在码头堤岸上玩骰子；

一男子在纪念碑的台阶上，在那位挥剑英雄的阴影下读报；一位姑娘在井边用水桶打水；水果商贩躺在他的货物旁眼望着湖水；酒店深处，透过敞着的门洞和窗口可见两个男子在对饮，店主坐在前边的桌旁打瞌睡。一条小船好像被托起在水面上，轻轻地滑进小港口。”这样精心的描述也许旨在说明，以后的一切，将要发生的一切，都是真实的，就像这些你经常能够见到的场景一样，没什么需要大惊小怪的。

紧接着，一些人物出现了，“船夫由于一个女人又耽搁了一会儿，她怀抱一个吃奶的孩子蓬头散发的走出船舱。然后船主走了过来，向左指了指矗立在湖畔的那幢黄色的三层楼。担架手重又抬起担架，走进那低矮的大门”。船夫、船主、担架手，一一出现。他们都围绕着一个担架，上面躺着一个人。这个人是谁？他为什么要躺在担架上？那个人是负伤了还是生病了？或者已经死去了？这些人来自哪里？他们来到这里做什么？神秘的气息开始聚集，悬念跃然而起。

“一个男子头戴大礼帽，身配黑纱，沿着狭长陡直的小道走下来，小道直通码头。”这个人的出现打破了平静。他是这个小镇的最高长官，代表着这个停留地的最高权力。然后，奇迹一下子出现了——“那位绅士走近担架，伸出一只手放在躺着的人的额头上，然后跪下来祈祷。船主挥手让担架手们离去……”最后，一切场景都是为了这两个人准备的，现场只剩下了他们两个人，一场对话开始了，一切前因后果开始了令人震惊的揭示。

担架上的男人睁开双眼，痛楚地微笑着把脸转向绅士问道："你是谁？"回答是："里瓦镇镇长。"这个小镇完全可以在现实中找到，它就坐落于意大利加尔达湖湖滨。接下来的事情却变得十分离奇。原来，这个躺在担架上的人是一个猎人，名叫格拉库斯。格拉库斯来临的消息，镇长卧室窗台上的一只大如鸡的鸽子已经告诉了他，让他代表全镇的人前去迎接这位猎人，可见这位猎人的到来有着不同凡响的意义。此时，猎人告诉镇长，自己在好多年之前在黑森林追猎一只羚羊时从悬崖上摔了下去，从那时起，他已经死去了。两个不同的时空，一个失去的时空，一个现实的时空，生者与死者开始交谈。

镇长说："但您还活着呢。"这也就是说，镇长还难以判别他是否真的死去。猎人格拉库斯承认了这一点，"也可以这么说"，他说，"在一定程度上我还活着。我的死亡之舟驶错了方向，或是船舵弄反了方向，或是船主一时心不在焉，也可能是被我家乡的美丽吸引住了，我真不知究竟是出于什么原因，我只知道，我留在了人世，我的冥船从此航行在人间的江河湖海上。于是，只愿在深山峻岭生活的我死后却云游四方。"

在这里，生与死的边界被抹掉了，一个生者还是一个死者都变得不重要了，他已经变为一个游荡四方的灵魂，这样的生活却找不到原因。他只能用“或者”“或者”这样的词来表达自己的判断，也意味着判断已经丧失。那么，他究竟在哪里？他真的就在人间，还是走向上界的途中？格拉库斯的回答并不确定——他还一直停留在通向它的大阶梯上，在那广阔无垠的露天台阶上游荡，时上时下，时左时右，从不停息。用卡夫卡的比喻，就是一个猎人变得就像一只蝴蝶一样，飘忽不定。这是一种心灵的挣扎。一种向上的挣扎。但是不论如何挣扎，仍然停留在原来的地方——这是向上挣扎的绝望。

他向镇长倾诉自己的忧伤。他原以为死亡是快乐的，但当他摆脱了猎人的人间角色，登上小船之后兴高采烈地将自己的狩猎工具——长枪、口袋、猎枪等东西抛入了水中，接着他又“像新娘穿上结婚礼服那样迫不及待地钻进寿衣”，然后却乘着小船不知道走向哪里，也不知道到了哪儿，漂的生涯就这样无边无际。格拉库斯认为，发生这样的错误应该归咎于船主。在这里，船主实际上是他的命运的主宰者，他所搭乘的船，归于船主。

他已经意识到：“谁也不会前来解救我。即使是有使命规定要帮助我，家家户户的门窗也会关闭，所有的人都会躲进被窝，用被子蒙住脑袋，整个世界就成了黑夜中的栖身地。这自有道理，因为根本没有人知道我，即使有人知道也摸不着我的行踪，知道了我的行踪又不知如何将我留住，因此也就不知道如何帮助我。要帮助我的想法是一种疾病，只有躺在床上才能痊愈。”因此，回忆变得十分重要，他只有凭借回忆想起自己曾经居住在何处，才能有所安慰。漂的生涯，实际上只有回忆才能确定自己的所在地。最后，镇长问道：“那么说，你现在是想留在我们里瓦了？”“我并无此意。”猎人的回答意味深长，接着又微笑着说，“我只知道我在这儿，对其他一切皆无能为力。我的小船没有舵，它借助风行驶，而那风来自冥府的最底层。”

一种不能自我主宰的生活，自己没有支配力的生活，一种漂的生活。这种生活实际上介于生与死之间，既不能向上，也不能回到冥府。他可以看得见上界，也可以在阶梯上挣扎，但是令人痛苦的是难以寻找到意义。这一点，让一个死去的人说出来，以证明这个死去的人并未死去。而且，他身边的一切，包括每一个景点和每一个人物，都是真的。那么，只有一点可能是虚构的，那就是寻找的意义。因为，在整个故事中，从来没有看到这一点。

35. 苔藓

一位欧洲的画家发现了微小的事物的魅力，他在一封给朋友的信中说："我想要描绘非常微小的事物，一块直径约两厘米的碎石上的苔藓。很久以来我就想这样，尽可能准确地描绘这些微不足道的东西，来认识它们是如何巨大，我已经开始着手了，但是却相当困难。当你用眼睛靠近观察的时候，你看到它们如此美丽又如此单纯，但是当你尝试画下它们的时候，你才意识到它们是何等复杂，而美丽又是那样没有定型。"这位画家在许多绘画中试图加入这些微小植物的因素，这片我们平时并不在意的苔藓，用姿态妖娆的各种奇怪形状，就像从大海的深渊里突然被一束强光照亮了的海底植物，揭示了被忽略的事实中隐藏着非凡的美和不可低估的力量。

昆虫学家法布尔在炎热的夏季仔细观察昆虫的世界。他盯着一只蝉，发现了它在这个发生水荒的时刻能够取水解渴的奥秘。蝉用自己的喙，一种微型口径的钻孔器，在它认为是自己取之不尽、用之不竭的酒窖上找到一个下钻的位置。很快它在小灌木的一根枝条上站住，钻透平滑坚硬的树皮，然后它将吸管插入钻孔津津有味地痛饮。法布尔欣赏着它的每一个动作，看到它纹丝不动、聚精会神地沉醉于畅饮树汁的幸福之中。法布尔守在那儿，等待着随之而来的事件——一大片口干舌燥的昆虫在四周转悠，它们发现了蝉钻出的那口井，嗅到了井沿上溢出的树汁的气息，四周一片繁忙，挤满了胡蜂、苍蝇、泥蜂以及蚂蚁等大批觊觎者身影。法布尔看到，一个微小的世界中同样有着闹市般的喧嚣。

卡夫卡同样喜欢微笑的东西。只不过这样的事情既不是发生在植物界，也不是在那些生动的昆虫的生活里。它就在我们中间，或者说，就在我们被忽略了的某一个动作、某一个眼神，或者某一句看似无意的交谈中。他一会儿说："我住房中有一扇门我至今没有注意到。它开在卧室中与邻居相连接的那道墙上。我从来没有为它动过脑筋，其实我根本不知道它的存在。"一会儿又说："猎人的小屋孤零零地坐落在山林中。他和他的五条狗在那儿过冬。"他有时候会告诉我们："那是一个乡间的傍晚，我坐在乡间的阁楼里关着的窗户后面注视着那个牧牛人。他站在刚收割过的田野上，嘴里叼着烟锅，鞭子插在地里，好像对在远处深沉的寂静中平静地吃着草的牲口漠不关心似的。"在另一个时刻，他就会换一种口气："我站在大厅的门旁，在离我很远的墙壁背面是国王的卧榻。"他想起了一个意味深长的，甚至有点儿抽象的童话故事，这个童话对于漫不经心的听讲者来说，似懂非懂，甚至在很多时候，一点儿也没有听明白，可是卡夫卡不管这些，他更多的时候讲得很短，不等我们听清楚就已经讲完了。

我们有时会问，这些微小的事情有什么意义呢？卡夫卡认为，人世间所有重大的事情都隐藏在细小的事情中，每一件微小的事情都是大事情的寓言，其中的秘密意义深奥、晦涩，没有它们，我们的生活就会枯燥乏味，并且失去意义。它们不仅值得观察，还值得品味。只有在这些微不足道的细节的反光中，才能看见自己真正的，也可能有点儿不太清晰的面孔。或者说，只有在微小的事物中，才会在一个角落里摆放一面明亮的镜子。

36. 下与上

从远古时代开始，人类就与河流为伴。我们需要河流，需要水并享受河流带来的一切。很多人将自己的故乡和某一条河流联系在一起，在回忆河流的过程中重获自己精神的源泉。它甚至给我们无穷的恩惠，赋予我们食粮和其他生存的资源，以及思想的根本。古希腊哲学家赫拉克利特审视河流的时候，发现了时间的流逝，在我们短暂的生命中没有任何事件可能发生两次。孔子则认为，时间的流逝和河流完全一样，一个个波浪从眼前涌起然后又被另一些波浪代替。它们永远不停地流向远方，并消失于我们视线的终点。老子在一条河流的启发中看到了终极真理，世间的一切都最终和流水一样——河流变为一个神秘的譬喻和真理的化身。

河流不同于地上的道路，它是单向的，不可逆向流动。这决定了河流的特点：从高处流向低处，最终归于大海，并消融到大海的特质之中。在童年时代，我曾长久地注视着家乡的河流，看到它的宽广、它的雄浑、昼夜不息的执拗，以及它汹涌澎湃的激情，我感慨万端。它为什么要这样做？为什么不会停下脚步？它一直朝着一个完全陌生的地方行进，究竟从中看到了什么？河边的芦苇茂密地生长，既是因为河流的滋养，也是出于对河流的好奇。这些水草从岸边一直向河的中心靠拢，延伸到了激流中。众多的水鸟展示了各自的华彩，并将自己飞翔和降落的舞姿轻盈地伴着河风掀起的草声，那种节奏和浑厚的旋律融入了来自宇宙深处的天籁。

谜团从流水开始。它流动的力量来自哪里？物理学的解释没有丝毫的美学价值，相反这是一种对美的消解。一个欧洲的画家从中找到了灵感——他找到了一种不可能的设计：另一条河流的设计。这一设计的特点是，它颠覆了我们日常生活的经验。画面上呈现的是一个独特的场景，但是一眼望去它是那样平淡无奇，它的奥妙在一个个细节中。一条河流建在一个南意大利式的建筑顶部，一条水渠好像是从高处向低处流淌，因为它的底座上砌筑的砖块层数不断减少。这是一种平面绘画的透视关系中对建筑物高度的暗示。旁边是一个面包一样鼓起的屋顶，一位妇女在一个平台上晾晒衣服。它透露出了生活的气息——一切可能发生在我们的周围。

关键是水流实际上已经流向高处并从某一高度形成了瀑布，由于落差和重力作用，瀑布推动下面的一个水轮转动，并推动流水加速向低处流去，形成一个永动的循环系统。被物理学家否定了的永动机竟然在画面上实现了，这是多么令人惊异的事件。仔细观察其中的秘密，才能发现这座建筑中包含了不可能的部分，一些看起来支撑水渠并使其不断升高的拱形廊柱，实际上是建立在同一水渠的平面上。它欺骗了我们的视觉。它产生了魔术般的奇迹。它让我们像侦探一样，发现了谜题的美。

37. 暗道

在中国的民间传说中，古代的著名军事家曹操就是创造谜题的高手。他在家乡亳州趁乱世聚众起义，试图让更多的人聚拢在他的麾下。这需要很高的知名度和足够的兵马。为了实现这一目的，他使用了一个出人意料的办法。他命令士兵们在城内挖地道，从城内顺着通往四个城门的街道，一直挖到城外，并将挖出来的土放入装粮食的麻袋在醒目的地方堆起了四个大垛，让人看起来很像收集的存粮。

一切都按照设想做好了。曹操开始将他的士兵们集合起来进行演练——他把有限的士兵分成四队，开始穿上红色的衣服，让他们从四个城门大摇大摆地走出去，然后从地道返回城内，再换上绿色的衣服从城门出去，然后再从地道返回城内，再换上黑色的衣服……他们排成单行一个挨着一个，这样不停地在城内外之间循环往返，昼夜不停，一连几天，声势浩大。曹操练兵的消息不胫而走，他的威名很快传向四方。那些准备征讨他的敌人和潜在的敌人，还有更多的人，不知道他怎样在一夜之间招募了如此众多的兵马。他创造了一个精彩的谜题，获得了一个不朽的起点。

他临终时为自己设计了最后一道谜题。他让人为自己筑造了 72 个坟墓，并准备了 72 个棺椁，出殡仪式声势浩大，抬棺者、仪仗以及人群分别从四个城门汹涌而出，并将自己最后隐藏于 72 个坟墓之中。即使他的亲友也不知道他究竟埋在哪一个坟墓中。

曹操在现实生活中采用了谜题的方式，这是他解读人生和世界的方法之一，他为别人所设置的一切，也是为自己所准备的。重要的是，他不让别人知道谜题的解答，而他自己却掌握着秘密。他是秘密的中心，这让人们向一个秘密靠拢，于是掌握秘密就意味着掌握了权力。秘密和权力联系在一起。它们之间存在着等式关系，是一个包含了未知数的方程式，在可解与不可解之间。

卡夫卡没有为人生设计谜题，他仅仅是在寻找人生的谜题，并通过语言来重构。这是一种无奈的权力，一种寻找自我的方式，一种准备穿越迷雾笼罩中的地平线的姿势，然而他所试图穿越的，实际上总是在遥远的地方闪烁，他看到了这一点：你越是接近它，它越是退缩到你不可触及的更遥远的地方。这是一个谜题的悲剧。

38. 链条

卡夫卡的谜题不寻求实用意义。它仅仅是为了用一个个谜题说明自己内心深处纠缠在一起的复杂物质。这些物质是如此令人焦虑不安，它们不断地生成新的内容，有时令人痛苦，有时又令人欣慰。它们究竟是些什么东西？很多时候，连我们自己都难以说清楚。正因为如此，卡夫卡试图将它们说出来。他意识到表达这样的内容是艰难的，必须采用不同寻常的方式才可能讲述。一个科学家曾非常严肃地告诉他的朋友说：“我准备写日记，但我不打算发表。我只想记下事实，供上帝参考。”他的朋友感到惊奇，问道：“难道上帝不知道那些事实吗？”他回答：“知道。他知道那些事实，可他不知道这样描述事实。”

卡夫卡的描述是独特的。同一个事实，我们很难猜到他怎样描述。

人能够获得自由吗？卡夫卡给出了令人绝望的答案：“不能。不可能。”在他自己编选的一篇随想中可以看到，他认为任何一个人，永远是一个被链条缚住的囚徒。他说：“他是地球上一个自由的、有保障的公民，因为他虽被拴在一根链条上，但这根链条的长度只容他自由出入地球上的空间，这根链条的长度毕竟有限，不容他越出地球的边界。”

这说明，他是一个自由的人，但实际上是更大范围的一个被缚的囚徒。他所获得的自由乃是有限度的，因为一根长长的链条依然拴着他。就像一条狗那样，被门口一根长长的铁链拴着，它只能围绕着一个固定点转圈子。这是它的自由的范围。

按照这一推理，卡夫卡将其运用到更大的范围中。他说：“同样，他也是天空的一个自由和有保障的公民，因为他被拴在一根类似的天空链条上。他想要到地球上去，天空那根链条就勒紧他的脖子；他想要到天空中去，地球的那根就会勒住他。尽管如此，他依然拥有一切可能性，他也感觉到这一点。是的，他甚至拒绝把这整个情形归结为第一次所缚时所犯的一个错误。”

一个人，也就是他，拥有两根链条，让他既不能到天空中去，也不能到地球上去，令他失去了所有选择。尽管看上去两根链条都不影响他的自由，但他拥有两个自由的时候，也拥有了两个自由所带给他的两个限制，于是，他便一个自由都没有了。也就是说，如果一个自由还不够，那么两个自由就足以固定他，让他待在一个不能选择的桩子上。这样，他就哪里也去不了了。

重要的是，他所认识到的链条，都是可以使他获得自由的，于是在一个人的内心中仍然认为自己有着一切可能，如果发生了障碍，他绝不会看到两根链条交织起来的罗网，却会将这种情形的根源转移到其他不相关的理由上。卡夫卡想说的是，我们从来没有真正认识到我们失去自由的缘由。

对于囚徒的问题，卡夫卡曾经多次从各种角度来讲述。在一篇随想中他这样说："也许他会满足于一所监狱。作为囚徒终其一生，这满可以成为一个生活目标。但这却是一个铁笼子。这世界的噪声大大咧咧、专横粗暴地在铁栅间穿进穿出，就像在自己家中一样。"卡夫卡将这样的牢笼看成一个生活的目标，实际上乃是说出生活的真实性，说出了一种可以考虑的选择。我们并没有意识到，自己的生活实际上就是牢笼中的生活，很大程度上，我们已经选择了这样的生活。这样的生活有着两面性，给予外部隔绝，为自己赋予了安全感和宁静，同时失去了自由。可是，他提出了另一个问题，即噪声的问题。牢笼无法隔绝噪声，生活本来应该宁静的一面，被打破了。

接着他的话锋一转："其实这个囚徒是自由的，他可以参与一切，外面的任何事都躲不过他，他甚至可以离开这个笼子，栅栏的铁条互相间的间隔足有一米来宽，他甚至并没有被囚禁。"这是他所要说的人的真实处境。（1）这是一种自我囚禁。（2）这种囚禁是一种生活选择，没有什么人强迫他这样做。（3）他既想出去，又想待在笼子里，这是一个无法解决的矛盾，但他实际上仍然在笼子里。外面的事情他都知道，他完全可以参与，但仍然对自由缺乏必要的信心。这很像是一个人的内心独白。

另一篇随想中，卡夫卡仅仅说出一个人的感觉："他感觉自己被这地球囚禁了，周围这样拥挤，囚徒的悲伤、虚弱、疾病、胡思乱想在他身上爆发了，没有任何安慰可以安慰他，因为那只不过是安慰，面对粗暴的被囚事实而发的温柔的、令人头痛的安慰。可是如果有谁问他，他想要的到底是什么，他可就答不上来了，因为他（这是他最强有力的证明之一）根本就没有自由的概念。"卡夫卡在这里已经说得非常明确，囚禁是一种感觉，一种生活的隐喻，而不是一个真实的事件。这种囚徒式的痛苦不能用安慰来解决，因为不是没有自由，而是没有自由的概念。

在这些篇章中，卡夫卡习惯采用第三人称"他"来讲述，这是因为，第三人称是一个最有广阔性的指称，可以代表更大的人群。第一人称比较确定，最为狭窄。第二人称太直接、裸露，不适于使用譬喻，因为"你"会以为这些故事仅仅是在谈论自己。当卡夫卡讨论囚徒的问题时，又想让这些问题染上普遍色彩时，没有哪个叙述角度比从"他"开始更容易被理解了。

自由的、有保障的，这些事实已经将我们迷惑了，范围的足够广阔，也将我们迷惑了，我们根本不知道，自由从来都是我们内心深处的一种渴求。卡夫卡的推理既是生动的，也是抽象而晦涩的。他运用了形象的讲述，却将一个个形象融入了抽象的理由中。从某种意义上说，卡夫卡是这样一位数学家，他通过一个答案，逆向推导出一个极其复杂的公式，其繁复的程度超过了人们理解的限度。于是，人们开始用各种方式解答、化简、计算，却堕入了一片迷惘之中，你会发现，答案消失了，你的每一次计算都陷入另一个困境——困境，只有困境，可能成为正确的答案。

39. 虚无

每一个人都怀有某种愿望，甚至是隐秘的愿望。卡夫卡一般只谈感受，不谈愿望。他觉得愿望太虚无了，而且它的意义也难以捕捉。在他的著名小说《城堡》中，主人公 K 试图接近城堡，以使他的身份得到承认。但是，这一最基本的愿望一直难以得到满足。卡夫卡曾在一次与朋友的谈话中说起这篇小说的结局，他认为，K 的愿望可能得到部分的满足，但不是全部。他所说的基础依据，实际上就是他所观察到和感受到的人生。愿望总是大于最后的结局，期望常常落空，这是一般的人生悲剧之一。

有没有没有愿望的人生？没有的。即使是最卑微的人生，也不能没有愿望。愿望是人与生俱来的基本命题之一。面对未来漫长或者短暂的生活，人们必须根据自己已经获得的经验和现实的条件，对将来可能发生的事情有一个基本判断，美好的预期就是愿望。在这里，愿望可能等同于自我的祝福和一种祈祷。假如没有美好的预期，人们将失去希望，人生将变得灰暗，这个世界将变成一个不值得我们信赖的世界，也不值得我们生活在其间。这样，生命本身的意义将随之丧失。

卡夫卡曾经在一篇随想式的笔记中谈道："许多年以前，有一天我十分感伤地坐在劳伦茨山的山脊上。我回顾着我在这一生中曾经有过的愿望。我发现其中最重要或者最有吸引力的愿望是获得一种人生观（还有，当然这是与此相关的，它能够通过书面表达使其他人信服），这种观念要能够做到，虽然人生仍然保持其自然的大起大落，但同时能相当清晰地看出它是一种虚无，一场梦，一阵晃动。"

他在这里指出了愿望的虚无性，实际上对于这一点他已经十分明了。重要的是，愿望一直在以某种特有的方式蒙蔽着人们，使人们不容易看出它的真相。他认为只要获得一种人生观，当然是确定的人生观，这样，人生的必然性就会显露出来，愿望虚无的一面就会被揭穿。人们就会发现，一切愿望都是一种虚无，一场梦，一阵晃动。

他接着说："假如我真正对它有过愿望，那它也许是一个美好的愿望。就像这么一种愿望'以非常正规的手工技艺锤打一张桌子，而同时无所事事'，但并不能把这说成'锤打对于他来说是虚无'，而是，'锤打对他来说是真正的锤打，但同时是一种虚无'，一经这样解释，这锤打就会进行得更勇猛，更坚决，更真实，假如你愿意，也可以说更疯狂。"

卡夫卡用锤打一张桌子来说明，愿望是一种虚无，但不是完全的虚无，它的虚无中含有一种实在，它实际上存在于事实中，而不是被排斥于事实之外。锤打一张桌子是真实的，不是虚无，然而锤打者本人却处于无所事事的状态，也就是一种虚无状态，这样锤打和虚无就混合在一起，具有了共同的含义。在某种意义上说，愿望不取决于它的虚无性，而是取决于对它的理解和解释。人们在对虚无的解读中获得了力量，因而，锤打一张桌子就获得了意义。这样，愿望没有因它的虚无而失去意义，相反却由于虚无中实在的一面获得了非凡的意义。这是我们将许多愿望中的事情一直进行下去的重要理由。

“但他根本不能作此愿望，因为他的愿望不是愿望，他只是一种防卫，一种将虚无市民化，一丝儿他想要赋予虚无的活跃气息，那时他还刚刚向虚无中有意识地迈出了头几步，就已经感觉到那是他自身的组成部分了。当时那是一种告别，向青春的虚伪、向世界告别。应该说，他从未直接欺骗过它，而只是听任它通过周围所有权威的言论上当。这个愿望的必要性就是在这种情况下产生的。”卡夫卡对愿望的论述，充满了晦涩，他的譬喻也试图不断迷惑我们，因为这样的话，他仅仅为了写给自己，这是一种自言自语，一种来自内心深处的关于愿望的密码。他实际上并不希望我们破译它。

卡夫卡惯常的手段是当他即将点明某一个问题的时

候，突然将这一问题引入了迷雾。他可能觉得这个问题实际上比自己所想的更为复杂。他发现，被完全解读了的愿望已经失去了愿望的本性。也就是说，它已不再是一个愿望。面对未来的一切祝福、祈祷，一切愿望，实际上已经转化为一种对未来的防卫，愿望的对立面，可怕的一面，不愿意让其出现的一面，成为愿望的敌手。但是，这两种交织在一起的复杂情感，驱动原本虚无的愿望成为自己生命的一部分，因而，愿望本质上是向过去告别，同时，它是未来对现在的一种欺骗，或者……总之，愿望的存在自有其理由。

我们的生活中不缺少愿望，也不缺少虚无，但似乎缺少对于愿望和虚无的解读。这是任何一个愿望最终回归理性的途径。长期的愿望、短期的愿望，或者一闪而过的愿望，人生的过程实际上是愿望减少的过程，人的愿望越多、越大，它所拥有的能量就越多、越大，也越趋向于虚无。也可以说，我们在路途中逐步揭去愿望的面纱，使其露出自己虚无的面孔——但是，它的能量却将我们一点点儿地推向终点。

40. 形象

在一个庞大的群体中，我们如何看待自己？在我们只有自己的时候，我们又如何看待自己？我们常常会发问，难道这两者有什么区别？卡夫卡试图给出一个回答，但又似乎不愿意直接回答。他仍然用他所熟悉的方式，给我们谈论一个故事。他仍然用“他”来讲述。他觉得这样更能指向每一个人。他先说：“以前他是一个庞大的群体中的组成部分。在某个高出一截的中心点上以精心安排的顺序矗立着军界、艺术界、科学界和手工业行业的象征性形象。他是这许多形象中的一个。”

人是群体动物，一般他会生活于社会中。这个社会分成了若干阶层，他必须在其中的某一个阶层工作。卡夫卡想说明，一个人曾经在某一个令人瞩目的、显然处于较高层位的象征性位置上，他也就成了某一象征性符号。在这一位置上，他的一切评价来自他所处的阶层，他代表着这个阶层和行业，而不是代表他自己。此时此刻，一个人不可能面对真正的自己，他所面对的是自己置身其中、有别人所面对的那个特定的阶层和行业。当别人把他视为这样的代表的时候，他也将为此感到某种意义上的自豪。他因自己的阶层和行业而存在，他不是单独存在，他处于一个高高涌起的浪花上。

然而，卡夫卡设想：有朝一日，这个群体解散了，不存在了，或者至少是他离开了它，自己去闯生活的路去了。连过去的职业也已经失去，他甚至忘记了他那时扮演的是什么角色。这样的情形在我们的现实生活中屡见不鲜，许多人有着类似的选择，或者被迫的选择。这样的命运既属于某一个群体，也属于个体，彼此存在着不可分割的联系。那么，他还剩下了什么？或者那个业已消失了的形象是否仍然在他现在的形象中？卡夫卡认为，这种忘怀会导致一定的伤感、不踏实感、不安感，一种给现在蒙上阴影的对过去时光的向往。

当他站在现在看已经过去了的事物时，他会感到这些事物的失落，看待自己也是如此。他曾经所拥有的、令人艳羡的，已经永远成为过去，他甚至在现实中已经忘记了它，然而一种深深的印痕仍然留在了生命之中。如果这种失落的东西仍然在记忆中完整地保留，那么，这并不是真正的失落，因为它仍然一直在记忆中伴随着自己。它曾经存在，它仍然在记忆中存在，它并没有真正的消亡。可怕的忘怀，对曾经的一切的忘怀，仅仅剩下了莫名其妙、难以言表，甚至表面上看起来毫无原因的印痕，有时甚至是很浅的印痕。

实际上，从《圣经》的观点看问题，人一直处于失落的状态中。失落既是历史，也是现实。第一个失落始于被逐出伊甸园。然后，人开始了堕落，一直向下，拯救成为基督教的主题。上帝的拯救和自我的救赎。从自我认识的角度看也是如此。哥白尼的“日心说”把我们逐出了宇宙的中心位置，我们不得不将这一重要的位置让给辉煌的太阳。达尔文的进化论又将我们的祖先贬低为丛林动物，我们来源的神圣性受到质疑。我们可能忘掉了我们的从前，但是许多事情已经密写到我们的基因中，令我们难以摆脱昔日的阴影。

在某种意义上说，世界上只有人类有着追溯历史的癖好，由于我们智力的能量超过生存的需要，有着很大的精力和时间余裕，我们便不知疲倦地奔向自己的过去，试图找到我们在时间中存在的规律，以便获得上帝创造的秘密。但事实上这是一种梦想，一种生存的奢侈现象。对于每一个个体来说，未来是难以预测的，不可知的，命运的安排取决于冥冥之中的种种因素的干扰，无时无刻不在偏离预想的轨道。

已经随着时间流逝的个体经历，仅仅存在于过去，或者经过某种秘密的筛选，仍然有一些往事的残渣遗留在记忆之中。这些记忆部分在平常的多数时光中处于沉睡状态，只有某些外在的条件偶然触动了它，它才可能被唤醒，对现实生活产生作用。一般的，往事都被现实生活遮蔽了，我们所做的一切似乎与它无关，这种忘怀状态造就了我们不断向前的生活方向。多数情况下，它拒绝了沉湎。

卡夫卡认为，这种面向未来的向往是生命力的重要元素，或者也许就是生命力本身。那么，可以说，生命力是一种对于过去的断绝，一种失去了依据之后的向前的冲动。它是将过去的形象涂抹之后进行的形象修改，它在某种意义上已经包含了过去的形象，这就意味着，生命本身是一种时间中的形象叠加。

41. 定格

卡夫卡是一个杰出的魔术师，他不断把手中的东西变为另外的东西，令我们感到惊奇。他用某种魔力，先将我们的目光引向一个地方，然后又引到另一个地方，但就是不告诉我们哪里是真正值得注视的。他经常修改我们的目光，当我们的目光变得严肃的时候，他忽然隐晦地一笑，让我们感到一切都不可捉摸。我们随之微笑的时候，他又突然变得严肃起来，以至于我们发现，他实际上一直是严肃的，他跟我们所说的一切，都是很严肃的问题。他只是觉得这些问题不能够直接说出来，必须先抛出一些谜团，以便从中找到通向答案的线索——他可能认为，明确的道路都不是捷径，真正的捷径都深藏于一个个看起来自相矛盾的、线索纷乱的、扑朔迷离的谜题之中。

卡夫卡说："他不要安慰，但并不是因为他不想要（谁又不想要呢），而是因为寻找安慰意味着：为此献出他的一生，始终生活在他的存在的边缘，几乎在这存在之外，不再知道，他在为谁寻找安慰。所以他甚至不可能找到有效的安慰，这儿说的是有效的，而不是真正的，真正的安慰是不存在的。”这是他对安慰的理解。他已经说过，安慰是每一个人渴望得到的东西，但要真正找到安慰是不可能的。他的理由看起来似乎很复杂，实际上异常简单——寻找安慰的过程漫长而艰难，为此他要以自己的一生来寻找，这样人生的真意就失去了，安慰成为人生的唯一意义。他不想这样来获得安慰，那么就不可能获得安慰。

一次，他说：“他抗拒同人的定格。”这个他，不是指他自己，当然也包含了自己，或者更深地将自己藏到了其中。他，不是一个特定的人，这只是他讲故事的方式，就像童话故事中一开始就说“从前”一样，这并不意味着从前是某一个特定的时刻。这不是重要的部分，完全可以忽略。他是谁？也不是最重要的，他就是他，一个人，也许是一群人，也许是全部、全体。你需要静听他所说的以后的事情。那里才有着至关重要的秘密。

他喜欢一开始就说出某一句类似于格言的话，这不是结束，而是刚刚开始。接下来他会做出一系列补充说明，有时他的补充说明相比他的格言一类的话更为隐晦、更为曲折。他认为，格言已经十分简明了，但好像有很多东西没有说出来。它有着进一步补充说明的必要。可是在这之后，仍然还有需要说出的东西。假如这样持续下去的话，语言就会演化为无限，可能永远也不能说完。

所以，他选择了尽可能地简洁，不过仍然是卡夫卡式的简洁——婉转、晦涩、充满了矛盾，这是因为他想在有限的语言中说出无限的事情。这是一种表达上的贪欲，一种贪得无厌的饕餮之举。卡夫卡说完“他抗拒同人的定格”之后，接着对这一表述作了进一步阐述：“一个人即使是必不可少的，他在另一个人身上看到的也只能是他的视力和注视的方式所能及的那个部分。他也像所有的人那样，但却是强烈地过分地拥有一种欲望，把自己限制成同仁看他的视力所及的那种样子。假如鲁滨孙不曾离开过岛上的最高点或不如说最易被人看见之点，那么也许他很快就完蛋了；由于他不去考虑那些来往船只及其蹩脚的望远镜，而是开始对他的岛屿做全面的探索，并开始喜欢它，他保住了自己的生命而且最终由于理智必然导致的逻辑性而被人找到了。”

这是卡夫卡面对同人和自己的一种想法。同人是从事同一种工作的群体中的人，他不同于这个群体之外的人，因为从事同一种工作的原因，对这一工作的深刻理解而对从事这一工作的人有了不同的认识角度。或者说，可能对这一工作群体中的人有着更深入的认识，他的理解也可能更为可靠。所以，工作的性质也对从事它的人进行了有力的塑造。这样就容易使得同人对自己同一工作群体的人产生一种印象定格。这种定格既有深刻的一面，也有僵化、凝固的一面，因为这种定格对于个体来说是不公正的，它消灭了个体之间存在的差异，抹掉了个性的价值和意义。

所以，“他抗拒同人的定格”。这是一种对刻板印象的反抗，对否定个体的反抗，也是一种对群体形象挣脱的企图和渴望。卡夫卡假定每一个人在这一群体中都是必不可少的，具有无可替代的价值，那么他所观察到的别人的形象严格地受到了自己的局限，他不可能看到另一个人的全部，他看到只有一个角度上的侧影，而且由于自己视力的限度，也仅仅能够看到这一侧影的轮廓，许多细部实际上处于暗处，处于被忽略的位置。这样，一个人就容易把别人所看到的自己，当成真实的自己，他仅仅从别人的瞳孔中看到自己的形象。这是认识自己的一个方向，但他却可能把这一方向当成了唯一的方向。卡夫卡认为，这是一种欲望，而不是一种理性。

卡夫卡讲述了《鲁滨孙漂流记》中关于鲁滨孙的例证。鲁滨孙如果仅仅坚守在一个位置上耐心地等待过往的船只前来营救，他就不可能在那个孤岛上生存下来。尽管他据守了岛上的制高点，有着宽广的视野，也因为拥有一架望远镜可以不断地在海面上搜索，但他还是难以活下来。对于一个等待营救的人来说，首先需要的是生存，然后才可能等待。如果因为等待而放弃了生存，那么由于等待者的缺席，等待也将不复存在或者变得毫无意义。

那么，这个等待者所要做的，就是先要离开那个最适当的、高高的观察点，前去了解自己所处的这个岛屿，熟悉周围的环境，探索生存之路，找到生存所需的资源，这样他才能活下来并获得未来被营救的时机。卡夫卡之所以用这个例子比喻自己所说的问题，是因为同人的定格一旦成为自我的看法，实际上已经放弃了对自我的全面认识，也就沦为一个愚蠢的等待者，他可能一直坚守在一个最好的等待点上，却放弃了长远的等待。

接下来，卡夫卡设计了几句耐人寻味的对话。这样一问一答的形式来自人的基本对话和交流，是生活化的一种常态定型。当然，在用于讨论问题的时候，它能够将一个问题引向深入。在这一方面，最好的运用典范可以追溯到柏拉图的《理想国》。卡夫卡是运用对话的高手，他的作品中的很多地方都以对话来展示自己独特的思考。比如他的长篇小说《诉讼》中著名的对话可以单独拿出来作为思想的杰作，他自己也在得意之余将之摘取出来，成为单篇《在法的门前》。

在这里，对话这样开始——“你将你的困苦变成一种美德。”“第一，每个人都这么干；第二，偏偏我不是这么干的，我让我的困苦依然故我，我不去晾干沼泽，而是生活在它那蒸腾不息的雾气之中。”“你正是从这之中表现你的美德。”“像每个人那样，我已经说过了。而且我仅仅是为了你才这么做的。为了你始终对我好，我宁可让我的灵魂受到损害。”

这种看起来莫名其妙的对话，是典型的卡夫卡对话，它初看起来是如此晦涩难解，甚至让人感觉到离题万里，但是其中蕴涵着挥之不去的被缠绕的思想精髓。困苦为什么会变成一种美德？一个人对于别人思想的认同，鲁滨孙对于那个制高点的坚守，在同一个群体中更容易得到认可，他可以因此获得赞赏，这就是美德，它是别人眼中的东西。然而这对于自己实际上是一种困苦，不仅是精神上的困苦，而且会设计其他多方面的困境——他实际上被囚禁在自己设置的牢狱之中，失去了种种本应享有的自由的权利。回答是，这一问题是一个带有普遍性的问题，每一个人都是如此——“每一个人都这么干”，但是对我来说，“偏偏不这么干”。也就是说，我试图摆脱这种精神困境。但是，实际的状况是，他仍然选择了困境，“我让我的困苦依然故我”，这样，生活的境况不是进行漫长的等待，而是在沼泽中生活，在蒸腾不息的雾气之中生活。因而，他将等待转化为面对，面对现实的种种可能性。

在别人看来，这和前者有什么区别呢？所以，“你正是从这之中表现你的美德”。可是，差别不是体现于表象，而是在其精神方面做出了选择，这是思想的、理性的结果。因而，看起来“像每个人那样”，但是，我所做的一切，是为了获得一种认同，是经过选择之后，“为了你始终对我好”才做出这样的考量，这也就成为一个实际的结局。但是，必须指出，这种选择在实质上可能跟一种坚守的本性相违背，因而，对于一个人的灵魂来说，是一种损害。它侵害了生活的圆满性，从而获得圆满的最大可能。

42. 定义

我们不得不承认，在很多方面，卡夫卡的目光是犀利的，他可以穿透坚固的表面，达到真实的内核。他就像一条思想的果虫能够深入到一只苹果的内部，品尝果肉的甘甜。在人类的历史上，留下了很多伟大人物的名字，正是他们作为象征建立了关于时间的记忆，让我们面对自己的时候能够借助他们所做的事情寻找我们自己的源头。

但是，卡夫卡对于“伟大”这样一个令人眩目的语词，有着自己的独特理解。他将“伟大”与我们的命运联系在一起。他首先思考对于那些伟大人物来说，“伟大”一词是谁赋予他们的，又为什么赋予？他认为，后世的判断优于同时代人，同时代人很容易将每一个人放入群体中考虑，然后做出充满偏见的评价。对许多事物，可能会有置身其中的视而不见之嫌。这一点，好像已经是人类社会的共识之一。比如说，经典著作的形成，就是历史淘洗的结果。当然，似乎我们已经建立起了一种关于时间的信仰，认为时间会自动生成某种令我们信赖的正确性，以便让我们以可靠的方式，在回忆过去的时候，对现实和未来有一种精神上的踏实感，或者说形成一种观念上的依赖。

对于这一事实的原因，卡夫卡认为，“后世对个人的判断比同时代人正确的原因存在于死者身上”。“人们在死后，在孤单一人的时候才得以以自己的方式发挥自己。死亡对于个人来说相当于星期六傍晚对于烟囱清洁工的意义，他们清洗肉体上的油烟，然后便可看出，是同时代人更多地伤害了他，还是他更多地伤害了同时代人。”他觉得，死者因为他的死而脱离了群体，就像一片树叶与大树的关联性，树叶只有落下的时候，才可能被意识到它曾经是一个个体。这样，人们才会真正地对它做出正确的判断。它的每一个纹络、每一个叶齿，才会被人认真观察和对待。

卡夫卡所说的“发挥自己”，就是使自己在活着的时候表现出来的模糊面孔，逐渐变得清晰。一个人活着的时候，对他的评价会受到种种干扰，而且，时代情绪、环境、利益等支配下的某些小的规则会影响到大的判断。一些人因为许多原因，使自己的身上涂满了“油烟”，这种表层附加物遮蔽了同时代人的视线。卡夫卡找到了一个一眼可见的角度，那就是，“同时代人更多地伤害了他，还是他更多地伤害了同时代人”。这样我们就可以据此对“伟大”做出充分的定义了。

卡夫卡认为，如果是“他更多地伤害了同时代人”，那么，他就是一个伟大的人。所以，伟大和罪孽是同义词，没有深重的罪孽，就不可能成就一个伟大的人——这一切，都需要一个时代的配合，需要那些被伤害的人不承认自己受到了伤害，或者不愿承认这一点。但是历史向前，后世的人们，他们的目光仍然会发现这一点。因此，谁要影响历史，就必须对多数人构成伤害——从这一点看，我们健康生活的常态如果不想付出代价，就不需要伟大人物的介入，历史的轨道也不应该不断变化。

43. 口渴

“他溯流而上游去的水流是如此湍急，以致精神不太集中地游着的他有时会对这荒凉的寂静（他就在这寂静之中击打着水）感到绝望，因为在失败的一个瞬间他就被推回得非常非常之遥远。”这是一种感觉。一个人，在水中逆流而上，这需要这个人付出巨大的力量，因而他感到水流非常湍急。如果这个人顺流而下，他就不会感到水流的湍急，因为他不需要付出太多的力量就可以游得很远。卡夫卡此时已经给出了游泳者的条件，他溯流而上，只要稍微松懈，就会被湍急的水流推回到很远的地方。这种不进则退的处境是十分令人绝望的，游泳者在这样的条件下实际上已经沦为一个挣扎者。

挣扎不等于绝望，但已经包含了绝望。在这样的处境中，难以集中精力游泳的他，就会感到一种荒凉的寂静——这种寂静可以说是因为孤单无助的状态造成的，荒凉的寂静，无助、无援、无望的寂静，寂静是一种处境的譬喻和象征。虽然他仍然在向前，但他已经可以预料到自己的失败，他耗费了很大力气所取得的进展，“在失败的一个瞬间他就被推回得非常非常之遥远”。

卡夫卡的这种感受来自他个人的某种体验，他发现一个人的生命过程中处处存在着这样的绝望，孤独感，荒凉的寂静，无助的状态，这是人们经常需要面对的处境。也就是说，我们所处的世界是一个并不可靠的世界，它并没有给我们任何未来的承诺，所以我们就无时无刻不是处于挣扎状态。这样说，卡夫卡所描绘的，是我们现实生活的基本境况。只是我们缺乏这种强烈的挣扎感，日常生活的琐碎性令我们在一阵阵倦意中忽视了自身的真实感受，这是一种生活的“麻痹”状态。

为了进一步说清楚自己的感受，卡夫卡接着谈到了另一个比喻：“他感到口渴，这时只有一丛灌木把他和泉水隔开。可是他分成了两体，一个他纵览一切，看到他立于此地，而泉水就在一边；第二个他一无所觉，顶多隐隐约约地感觉到，第一个他看见了一切。由于他一无所觉，他也就喝不着水。”这是一种怎样的感受？我们想想吧：一个人想喝水，泉水就在身边，那就意味着喝水是一件轻而易举的事情。口渴的人伸手可及就可以获得满足，但是，问题出现在一丛灌木上，它遮挡了口渴的人的视线，他不能看见身边存在的泉水，伸手可及的事情出现了难以突破的障碍。

卡夫卡好像在讲述一个与我们无关的故事，事实上他仍然是讲述我们的基本境况。我们所需的可能就在我们的身边，因为我们的视线被某种事物遮挡，便一直处于焦渴状态。就像谈论许多事情一样，卡夫卡善于用寓言的方式来表达他的所思所想的灵感火花。实际上，他一直盯着人的基本境况的问题不放，他感到这样的问题拥有不同的角度，甚至无限的角度，因而它就尤其具有探讨的必要。

他进一步设想这个口渴的人面对看不见的泉水将会怎样。他设想："他分成了两体，一个他纵览一切，看到他立于此地，而泉水就在一边；另一个他则处于无所觉察的状态，他根本不知道自己的身旁就有解决自己口渴问题的泉水。"一个人在自己分裂的状态中，由一个变成了两个，两个不能获得有效的统一，尽管你已经看到了一切，但另一个分裂出去的灵魂又否决了前一个思考和感知到的一切，他还是处于原来的状态，焦渴的状况依然不能被改变。事实上，在现实生活中，我们在很多时候正是处于这样的尴尬境况。

我们好像看到了什么，好像找到了什么，好像一直在选择的过程中，也好像拥有一切权利并正当地施行这种权利，可是我们发现最终并没有解决我们所需解决的问题。遮挡我们视线的，不是浅浅的灌木丛，不是外在的事物，而是我们自己。我们已经获得了某种信息，似乎找到了某种解决问题的途径，但是我们仍然不能迈出步伐，因为毫无感觉的状态就像潮水一样漫过了我们的理性，推平了沙滩上的图案。

44. 离开这儿

卡夫卡的日记和许多人的日记不一样，他并不记叙日常生活中遇到的事情，而是将自己的某些感受或者思考记录下来。他实际上认为生活本身只是表象，或者说它只是思想的材料，而不是真正的生活。生活中的每一个细节，都是对自己的一次次暗示，都是为了唤醒自我。这些自我的事实必须转化为某种抽象的思想，才有意义。如果这些材料不能合成某种思想，就可以从记忆中抛弃。因而，卡夫卡的日记实际上是他每一天的随想录。

他的日记还有一个特点，那就是，即使将生活的材料转化为思想，还需要用另一种故事讲述。也就是说，生活中真实的故事必须转换为一个能够更好地体现其思想的故事，才能获得讲述的有效性。他或许认为，这是一种更有效率的方式，也更具有对生活的穿透力。卡夫卡的这些特点在其日记中无处不在，与其说他的日记是为了记叙生活，是为了抵抗遗忘，毋宁说他是为了牢牢记住自己每一天的所思所想和对生活的独特感受。一个人的一生，在卡夫卡看来，应该从自己的思想中穿过，而不应该从简单的材料中走过。

有时，他也向自己发问，这样的发问不是为了获得最终的答案，他知道很多问题并没有一个确定的答案。它仅仅是为了用一种追问的方式引出另一个问题，以便将自己的思考深入下去。还有的时候，他完全在自言自语，类似于戏剧中的独白。他仅仅是想用这样的方式，将自己的某种感受向世界倾诉。

比如说，他在一篇日记中写道：“离开这儿，只要离开这儿！你不必告诉我把我引向何处。哪儿是你的手？嗨，黑咕隆咚我摸不着它。假如我已经抓住了你的手，我相信你是不会不拉我一把的。你听见我说的话了吗？你是在房间吗？也许你压根儿就不在这儿。是什么把你引诱到这北方的冰冻和迷雾中来的，这种地方谁都不会想到有人迹的，你不在这里，你躲开这个地方了。但是我站立着，并且怀着不管你是不是在这里的决心而倒下。”

在这里，卡夫卡实际上扮演了一个盲人的角色。他什么也看不见。他只能用他的其他感官感受世界。于是他就尤其感到了孤立无援，感到了异常的寂寞和感伤。他高声呼唤：“离开这儿，只要离开这儿！”那么，这儿是哪里？卡夫卡没有说明，但是他已经用这种呼唤暗示了自己所在的地点。那就是现在所处的环境，现在的一切。显然他已经厌倦了现在的生活，他想到另一个地方，找到自己的所愿。此时，他多么需要一个人前来帮助他脱离困境，希望一个人的一只手拉住他，把他引向任何地方，只要不在这个地方就行。这个人也许是具体的某个人，也许是并不存在的一种力量，也许是卡夫卡心中的上帝。

也许是某一个事件，也许是一个小小的生活细节，触发了卡夫卡的痛苦。这是一种盲人的痛苦，看不见任何事物的痛苦，漆黑的、没有光明照耀的痛苦。更重要的是在一个荒凉的旷野上停留的痛苦，一个没有别人回应、无限寂寞中的痛苦。他想找到一个人，一个拉住他、引导他走向新生的人，想找到一个能够倾听他说话的人。然而，这是多么令人绝望的地带，那个他希望在自己身边的人，既不在房间，也不在周围。卡夫卡判断，这个人“压根儿就不在这儿”“这种地方谁都不会想到有人迹的”，进一步的判断是，“你躲开这个地方了”。这样的情况下，一个人站立着，最后的结局就是倒下。

然而，卡夫卡的表述并不是消极的，而是怀着不管你是不是在这里的决心而倒下。他期待的一切并不存在的时候，期待也就失去了意义。也就是说，一个人失去了一切期待之后，期待也就不存在了，一个不存在期待的世界不完全是一个绝望的世界，它还是一个抱定了最后倒下的决心的世界，一个让人感到无比坚定的世界。

在另一篇日记中，卡夫卡同样呼唤：“离开这儿，离开这儿！”其呼唤的力度和声音的嘶哑，可以听得见。他这时不是一个盲人，而是一个正常的行走者。在这里，卡夫卡没有使用“我”，而是用复数“我们”来描述。这意味着，他实际上指包括自己在内的一个群体。他说：“我们纵马穿过夜色。这是个黑暗的夜晚，没有星月，比一般没有星月的夜晚更黑暗。我们负有一项重要的委托，由我们的向导装在一封铅封的信中带在身边。由于担心跟着向导跟丢了，我们中不时有人紧催其马，上前面去摸摸，看向导是否还在那儿。有一回，正好是我去摸索时，发现向导已经不在了。我们没怎么太惊慌失措，因为从一开始我们就一直提心吊胆。于是我们决定返回。”

实际上，这样的群体就像一个盲人一样，需要一个向导。需要有人将他们领到别处。在茫茫夜色中，一群人行走在路上，他们骑着马，怀着神圣的使命，然而他们事实上并不知道自己要去做什么。因为这一使命，也就是所接受的委托是由向导携带的，这封信已经被打上了铅封，谁也不知道信中的内容。这样，一项秘密的使命，让他们前去执行。在这里，向导既是引领他们方向的人，也是他们执行任务的领头人。如果失去了向导，他们将失去关于执行本次任务所需的一切：密信、方向、路线以及使命本身。

因而，他们所能做的，就是不断摸索向导是否还与他们在一起。最后的结果是，向导消失了，他们只好放弃自己所受的委托，原路返回。卡夫卡在这样一个故事中想说明什么？也许他仅仅是为了设置一个谜，让我们随着这个故事的主人们一起做出最后的决定。也许，卡夫卡有着更为深邃的寓意，试图告诉我们人类的基本处境。除非失去了向导，否则我们不可能自行决定自己的命运。我们实际上正是在黑暗的道路上行进的人，跟随着一个我们所不知道的秘密，去执行我们认为神圣的任务。我们所依赖的向导，未必是能够坚守的向导，他随时可能逃离我们。可能的情况是，他即使逃离了我们，我们也未必知道，因为黑暗的夜色让我们失去了仅存的视线。

“离开这儿，离开这儿”，那么，我们能否真的逃离我们所处的位置？我们能否逃离那个可怕的引领我们的秘密使命？我们什么时候能够自己做出原路返回的决定？卡夫卡没有给我们以回答。但他假设了一种情况，就是向导的离去。事实是，我们一直存在着向导，他们不会离去，我们的决定也注定遥遥无期。我们只能一直纵马奔驰于夜色中。

45. 小商店

一个故事又一个故事，让人应接不暇。它既抽象又具体，既荒唐又有着深邃的合理性。卡夫卡极其善于讲述，他认为虚构更易于浓缩和接近本质。一个真实的事件可能具有重要意义，但是它必须经过改造才可能发挥作用和引人深思。这种改造不是简单地修改某一个细节，而是将关键的部分，也就是那些令我们感到符合生活道理的部分拿去，剩下那些让我们怀疑的部分。这种怀疑是阅读的理由之一，也是揭开事物真相的关键所在。在某种意义上说，真相并不能用真相来表达，它只能用真相之外的虚构来拨开笼罩在其表面的乌云。

他描述了这样一个小商店："这是一个小商店，却十分繁忙。小街那儿没有入口，必须通过一个过道，穿过一个小院子，才能到达商店门前，门上挂着一块写着店主名字的小板。"我们已经很快了解到这个小商店几乎是处于隐藏的状态，它被一条小街、一个小院以及连接的一条过道秘藏于深处。我们会为这样的一个小商店感到好奇，为什么它要藏起来？通常的逻辑消失了，交易的常识颠覆了，商店的意义开始被怀疑。

为了打消我们的疑虑，卡夫卡接着描述说："这是一家服装店，出售成衣，但更多的是出售未经加工的布料。"如此细致的解释让我们感到这家小商店的存在是不容置疑的，它的确就在一条小街上的一个过道尽头的一个小院里，它的开办可能另有深意。"对于第一次进入这家商店的局外人来说几乎难以置信，这里卖掉了多少衣服和布料——或者，由于人们无法得知生意的准确结果，应该说，这里以何等的规模和热情在做着生意。刚才已经说过，街旁没有进入商店的直接入口，不仅如此，在院子里也看不到顾客的到来，可是店里却挤满了人，不断看到新人的到来和旧人的消失，也不知到哪儿去了。虽然也有宽大的靠墙货架，但绝大多数货架是围绕着立柱安置的，这些立柱顶着许多凌乱的小圆拱。"

卡夫卡的这种细腻的描绘，是为了让我们确认这家商店存在的真实性，同时也告诉了我们商店内部布置的复杂性，因而，我们很难清点到商店里来的购物者的详细数目。这些面孔不断从立柱背后转过来，"频频地点头、活跃的手势、人丛中的碎步急行、供选择而摊放着的货物的沙沙声、没完没了的讨价还价和争议，即使只涉及一个售货员和一个顾客，却总像是整个商店都卷了进去，这一切把这里的繁忙景象渲染得近乎不真实了"。

他还写道："角落里有一个木板隔开的小间，很宽，但不高，仅够人在里面坐下，这是账房。木板墙显得十分结实，门极小，没有窗户，只有一个窥视孔，却里外都蒙上了布。尽管如此，在外面这样大的噪声中账房里居然还有人能静得下心来从事书面工作是令人惊讶的。有时，挂在门上的深色帘子被掀了起来，于是人们便看见一个矮小的账房职员的身子填满了门洞，耳朵上夹着笔，一只手遮在眼睛的上方，好奇地或者出于职责地观察着店里的混乱。可是这时间很短，他马上就缩了回去，人们还来不及向账房里面投上一瞥，门帘已经飞快地落了下来。账房和商店账台之间有某种联系，后者设在店门旁，由一个年轻姑娘管理。她不像想象中那样有很多工作。不是所有的人都付现钱，其实只有极少数人这么做，显然有其他结账方式。”

卡夫卡如此详尽地描述了一个小小的商店，难道他真的看到了这样一家商店了吗？从卡夫卡一贯的写作手法来看，他不会从生活中汲取如此琐碎的素材，他只是为我们描绘了一个他想象的空间。一个复杂的、难以理解的空间。借此抛出了一个神秘的球状闪电。我们破解他的唯一出路就是从这个商店的设计上找到缺口。从整体上看，我们首先发现了一个秘密，那就是这个世界上秘密的交易是多么繁忙，我们很难找到这个小商店，它隐藏在难以发现的地方。其次可以看到这个商店中包含着很多一般顾客难以看到的秘密，账房、账台、管理者、窥视孔、被蒙起来的密室，这是控制这个小商店的一系列机关所在。

卡夫卡试图用这样的方式告诉我们，我们所看到的一切，并不是一个真实的世界。这个世界有着自己的隐秘装置，它不在那些我们轻而易举就能看到的外部，而是存在着一个几乎看不到入口的秘密场所，不断地进行着秘密交易。他想建立一个让我们能够获得直观印象的模型，于是将这个复杂的小商店呈现在我们的面前。

这种冰山下的喧嚣避开了大多数人的耳目，却可能支配着大多数人的命运。何况，这样的小商店里还有更为隐秘的事实，店员、账房、管理者，仅仅是这个秘密的一部分，他们的背后仍然有着更深的秘密。我们很难想象，这样的一家小商店连通到哪里，它的控制又是怎样实现的。它所出售的货物是成衣，也就是为很多人改变他们的外表形式，然而更多的则是出售未被加工的布料，消费者只要找到这个秘密的地点，就可以购买这些布料，以便按照自己的设想进行加工，并把自己打扮成自己所需的形象。

一个人的形象不在于你是谁，而是你可以用金钱换取的服装能够将你装饰成什么样子。而这样子又取决于你能否找到一个秘密的交易场所。即便如此，它仍然不是事实的全部，事实的秘密还在这个小商店的背后。我们在卡夫卡的结尾处看到，购买者中间，一些人并不付现钱，这个商店还有着其他结账的方式——什么方式？它足以引发我们更多的联想。商店的管理者，一个年轻的姑娘，并没有太多的工作，这与商店的繁忙景象并不相称，这意味着，真正的商店老板并没有出现，年轻姑娘和老板之间的联系，让人颇多猜测。也就是说，真正的这个商店的统治者，用一个个傀儡掩盖了自己的真相。

46. 旅馆

“我住在艾特霍费尔旅馆，是叫阿尔比安–艾特霍费尔或曲普里安–艾特霍费尔还是别的名字，我记不住了，可能我也不可能再找到它，尽管这是个很大的旅馆，而且设施和服务都特别出色。”在一篇随记中，卡夫卡一开始就给我们呈现了一种迷离恍惚的状态。一个人在一开始就记不住自己所住的旅馆，甚至连旅馆的名字都不敢做出肯定。可以断定，这个人已经失去了对世界的判断能力。

剩下的讲述，是一连串的絮絮叨叨，一连串的饶舌一样的表述，类似于一个老年人的陈述，既想不清楚也说不清楚。“我再也想不起来，我几乎每天都要换房间，尽管我在那里住了一个星期挂零，还是经常忘了我的房号，当我白天或者晚上回去时，总不得不向服务台姑娘询问我当时的房号。当然，所有与我有关的房间都在同一楼层，而且都在同一条过道上。那里房间并不多，我还不至于迷失方向。”

卡夫卡如此啰唆地讲述一个人在一个旅馆的故事究竟是为了什么？难道仅仅是为了在语言上展示绕口令一

样的烦琐？不是的。他的目的和意义表面上看起来似乎什么也没有，但是讲述者的表现却令人怀疑。他实际上是用这样的方式揭示自己的困境。这个人在一个旅馆迷失了自己。这是一种现代病。一种遗忘、孤独、寂寞和混乱引发的时代疾病。在现代社会中每一个人都经常扮演这样的角色，只是我们难以觉察。卡夫卡敏锐的目光穿透了时代的躯体，看到了它的干枯的骨架。

“这栋房子却用固定在墙上的、间距不小、老大的金属字母标出了旅馆这个词和所有者的名字，它们不很耀眼、散发着微弱的红光。要不那儿只标着所有者的名字，而没有标出旅馆字样？这有可能，如果是这样，很多事情就好解释了。可是今天从模糊的记忆出发，更大程度上仍然宁可认定，旅馆的字样是标在那里的……”一切都不能断定，一切都是模糊不清的，一个不能让人做出确切判断的世界，不仅令人不安，而且会引发长久的焦虑。

对于这个置身其间的人来说，世界布满了迷宫般的路径，尽管在记忆中似乎是简单的、清晰的事物，在这时出现了完全不同的情况。尽管他认为，记忆中的旅馆是多么舒适和令人满意，却难以找到它。也许它就近在咫尺，也许它根本在很远的地方，总之，要真正地找到它的踪影，将变得异常困难。我们知道存在这样一个令人满意的、可能会给我们带来幸福感的地方，但它却用迷宫般的路线令我们望而却步，或者它用一些似是而非的混乱场景，使我们的记忆变得模糊。

它使我们失去了归宿感，同时也失去了安全感。于是，我们便不得不一直怀疑自己的记忆，不断转动我们的大脑，不断絮叨。当艰难地做出一些判断时，我们又很快推翻了它；当我们已经颠覆了原本的设想时，又试图重新做出肯定。不断地犹豫，不断地摇摆，就像一个带电的指针，不断因电流的不稳定而调整方向，却不能够坚定地指向北极星。这样，我们怎样才能将自己准确地带到那个旅馆的房间？带到那个拥有梦境和幸福感的地方？实际上，我们连旅馆墙上写着的金属字母都记不清楚了。

47. 畏惧与痛恨

一个人对待工作的态度和他的精神状态有关，和他的理想主义的激情有关，也和四周的环境有关。最重要的是，他在工作中能够看到自己，并对自己的未来有所推测。当一个人开始工作的时候，他在事实上已经离开了自己本来的生活，他的目的已经发生了变化，或者他已经歪曲了生活的意义。当我们意识到这一点时，就会感到工作对人性的践踏，工作就变得无比残酷。

卡夫卡用一个人的遭遇来说明这种工作带来的痛苦。他先从外围谈起："有的人说他懒惰，有的人说他畏惧工作。后一种人对他判断正确，他是畏惧工作。"别人的谈论点中了要害，因为他们都是基于自己的生活经验做出的结论。实际的理由是，"当他干一件工作时，他就会产生不得不离开家园的那种感觉。不是个值得爱的家园，但是毕竟是一个习惯的、熟悉的、安全的地方"。

一个人离开自己习惯的、熟悉的、具有安全感的家园，实际上是离开了自己原本的生活细节，去重新适应完全与之不同的工作，内心会感到不适应、不舒适、不习惯，甚至难以接受其陌生的性质。“这个工作会把他引向何方呢？他感到自己被拽着走，就像一只幼小的、胆怯的狗被人拽着走过大城市的一条街道。使他紧张的不是喧哗的噪声；假如他能听到这噪声，并能区别其组成部分，那么他马上就会需要这些声音。可是他听不到它，被人拽着从噪声中穿过，却一无所闻。这有一种特殊的寂静，似乎从所有方向冲着他，倾听着他，一种想要由他滋养的寂静，只有它是他所能听见的。这是多么可怕，既紧张又乏味，几乎令人难以忍受。”

这些理由听起来太奇怪了，甚至带有几分荒谬。但是他的感受完全属于自己，工作的特性就是如此，它不允许你按照自己的想法去做，而是要遵照工作的要求和准则，以便实现工作的目的。这一切需要小心翼翼，需要冷静和谨慎，其境况正如一只小狗被人拽着从大街上走过，这种异常的紧张感使他难以听到大街上噪声的喧哗，这样就形成了特殊的寂静，那么工作带来的一切趣味都消失了，这是多么令人厌倦。为了说明这样的情况所带来的后果，卡夫卡说：“他会走多远？两三步而已，不会更远了。然后他就厌倦了此行，跌跌撞撞地回家园去，回到那灰色的、不值得爱的家园。这使他对一切工作无不痛恨。”

既然被人拽着走，那么他总会像一条狗那样试图挣脱锁链，回到自己熟悉的家园。实际的情形可能比想象的更糟，很多时候，一个人不能拒绝自己的工作，不能像一个孩子一样任性，他只能默默地忍受自己不愿意做的事情。人生的目的、生活本身的目的和工作的目的总是背道而驰，为了接受一项工作或者接受一项使命，你必须放弃你已经习惯了的生活内容，离开自己认为并不值得爱的家园。

卡夫卡实际上认为，一切工作都值得痛恨，工作的目的之一就是违背自己的生活，从而让自己陷入了被捕捉的境况中。这和他个人的经验完全符合，他实际上是想通过讲述一个荒谬的故事来倾诉自己对工作的感受。当然，他将自己的感受说出来之后，已经变成了一种对工作的诅咒，在别人听起来，这些道理不一定合理，也不一定有用处，因为工作的意义不是为了放弃，它对人的扭曲并没有想象的那样严重，卡夫卡善于将这样的痛苦放在显微镜下，放大，再放大，放大的倍数显出了事实的残酷性，一些原本隐藏起来的细节开始令我们焦躁不安。

48. 集会

日常生活中，我们经常看到或者加入某种集会，它的规模大小不同，然而很快我们都会淡忘了它的意义。很多时候，它是人生的应景之作。卡夫卡却发现了集会中被众声掩盖了的无聊乏味。他在自己的随想中虚拟了一场政治集会，它是在一个盖满马厩的场地上举行的，这个场地也在一条河流的岸边。卡夫卡的描述就像是描述自己的一个梦，地点就充满了诡异。这样的地点可能象征着什么？马厩是肮脏的，河流是洁净的，它们代表了两个不同的世界？一场政治集会在肮脏和洁净之间举行，说明了什么？

“人的声音几乎无法从河流的声音中透出来。尽管我就坐在码头护墙上，离演说者很近（他们在一个由方石砌成的四方形的台基上居高临下地讲话），但我听明白得很少。当然我早就知道他们讲的是什么，大家都知道，而且大家的意见都一致。我从来没有见过比这更一致的场面了，我也完全赞同他们的意见，这事情太清楚了，不知道说过了多少遍，始终像第一天那样清楚。”这意味着，一场政治集会就是在用最晦涩的语言，让人难以听懂的语言，反复说明一个浅显的、所有人早已明白了的简单的道理。

卡夫卡看来，这是政治本身的特性。它的本意并不是一定要传播一个显而易见的道理，而是利用这种集会，并以此来宣扬自己。这种对浅显道理的宣讲，实际上大众早已经明白，所以必须换一种说法，也就是要故作高深地用一种我们难以理解的语言重新加以讲解。这是一种政治技巧，一种平庸的套路。然而大众却仍然要为此举行集会，并倾听演讲者关于无限正确的浅显道理的无聊演讲。也许，这种演讲的内容陈旧不堪、毫无新意，但重要的是集会本身，集会这种群体的形式感代替了内容的意义。

因而，“一致性和清晰性让人心中发闷，思考力被一致性和清晰性堵住了”。没有任何可以争论的内容，也不会产生争议，大家都围绕一个正确的、公认为正确的观点，异口同声，这里已经不需要思考，不需要了解，也不需要讨论。这是思想的极点，是一切思考终止的地方。它不可能通向另外的道路，它完全被掐断了其他路径。正确的、简单的、一致的和清晰的理由，由集体进行了渲染，一切异质的东西已经被扫清，对于一个试图思考问题的人来说，集会只是一片无意义的喧嚣。“有时我宁可只去听河流的声音，别的什么也不要听。”这是卡夫卡对集会，尤其是政治集会做出的一个惊人的结论。

49. 说和做

人们所说的事情并非为了实现，更多的时候仅仅是为了说出来。说出来非常重要，它是一种虚构的事物的实现，虚幻的实现，真实的精神慰藉。很多事情甚至不用说出来就可以变为现实，但是表达具有表达的理由。不要认为，能够做好的事情就不需要表达，恰恰因为有必要表达，事情才会出现另外的转机，才会发现这所做的事情仅仅是一面镜子，它原本不过是为了照亮自己的面孔。卡夫卡有一篇小说《徒费口舌》，仅仅是对一个街头事件的描述，事情微不足道，它是生活中的一个小小插曲，一些无用的对话和表达，以及一个完全可以被遗忘的一大堆废话的记录。但是其中含有生活中有趣的谜题，人为什么需要说话？难道仅仅是为了某种实用的目的？不。它还另有原因。

文学创作中的事实当然不等于真实发生的事件，但是它含有事实的影子，它将事实中的精华提取出来，转化为思想的结晶。事情很简单：一个农民在大街上拦住一个人，请这个人和他一起回家，因为他和老婆吵架了，需要这个人从中调解。但是，这个人开始和他讲条件，这些条件琐碎、复杂，但是每一个条件都有着充分的理由，几乎让人难以拒绝，或者说难以找到拒绝的理由。这些条件包括永远住在农民的家里、按月发工资、每天的饭菜必须要有肉，还要和主人喝一样多的酒，以及需要一盏整夜亮着的小油灯……这些条件远远超出了农民的心理承受能力，也远远超出了事情本身的价值和意义。

一件小事，一个带有荒诞性质的不等式，一连串听起来非常充分的理由以及近似于无聊的讨价还价，还有默许、吃惊和喋喋不休的表述。这个人强调："……这根本不值一提，只是为了完整起见我才把这件事提出来，免得事后发生争执，付工钱时争吵起来我可受不了。商谈好的东西你拒不给我，我这个一向慈善的人决不会善罢甘休，这一点你一定要记住。该给的你不给我，哪怕是一件小玩意儿，我就能够在你睡觉的时候放一把火把你这所房屋烧掉。但是只要你不拒绝给我明文规定的应该给我的东西，甚至你时不时还出于爱心添上一件小礼物，哪怕是不值一文的小玩意儿，那么我就会在所有事情上忠诚、矢志不移、竭诚服务。我的要求不会超出我所说的范围……"他还补充说："这并不多嘛，你大概想压低我的要求，可是为了照顾你的利益，我已经尽量节制我的需求，以致有第三者听见的话，我简直非感到难为情不可。如果有第三者在场我绝不会这样跟你谈话。这件事也绝不要让外人知道。喏，这件事也没有人会相信的。”

实际上这件事情早已越出了可以讨论的范围。对方的秤盘中不断添加砝码，天平早已高高翘起。农民说：“你还是走你的路吧，我将独自一人回家并自己设法和妻子和解。”然后他反省：“最近我经常揍她，现在我要放松一些，她也许会感激我的。我也经常打孩子，我总是用马厩里的马鞭抽他们，我要收敛一些，也许情况会有好转。但是你的要求无法满足，就算我想要满足你的话，我的经济状况也不允许。不，不可能的，每天吃肉，五升朗姆酒，但是即便承受得了的话，我妻子也不会允许的，而如果她不允许的话，这件事我就干不成。”这让对方迷惑不解：“那干吗还费这么多口舌？”

一桩生意谈判结束了，讨价还价的结果是没有谈成，也不可能谈成。从一开始这就是一个已经看到了结局的、毫无悬念的空谈。然而，这样的空谈，让农夫找到了解决问题的途径，他从中获得了灵感。更重要的是，表达的无意义换取了生活的实在性，并获得了表达的依据。这样，一只鸟儿从空中飞越了很多看起来无意义的路程，逐步返回了地面，这是它可以休息的地方。卡夫卡看到，生活中无意义的、看似饶舌的事件，仍然附着于一个生活的主题，甚至成为这一主题的一部分。这些无意义的事件的累加，构成了真实的生活，并将其消融到世界的特质中去。一个谜题也许不需要求解，它可能没有解，也可能那个解并没有实质性价值，它在一系列过程中已经随风飘散。

也许，这种缺乏结局和答案的讨价还价，还隐藏着等待机会的含义。不断地谈话，不断地要价，不断地加重自己秤盘中的砝码，一直到令人感到十分荒诞的地步。这仅仅是一种没有把握好分寸的行为。这里既有缺乏自我判断的一面，也有自我膨胀的一面。很多时候，人们并不能恰当地对自己做出估计，总是将自己放大到几倍以上，直到自己也变得不相信自己。这是理智的终点。

但我们不应该认为这一切都是无用的。从细小的方面推理，世界上没有无意义的事情。意义不过是自己从某一侧面的偏执认定。你有着为事物赋予意义的使命，也有取消意义的权利。这是人与生俱来的一种特权。在墨西哥湾，美国的佛罗里达生活着一种聪明的鸟，人们将它称为绿鹭。它善于观察人类的行为，发现人们向池塘投撒面包屑的时候，鱼类会向这些面包屑靠拢，并浮出水面抢夺这些天外飞来的食物。还有人们喂养鸭子的时候也是如此——人们将食物撒向池塘，鸭子们扑动着翅膀，迅速驶向那些食物中间，成为一场盛宴的粗鲁的哄抢者。于是绿鹭开始模仿人类的行为，它先将诱饵撒到水面，静静地等待鱼儿上钩。它会选择有岩石的开阔水面捕鱼，这样它能够借助岩石的遮挡隐藏自己的身影，以便不让鱼儿发现捕猎者的存在。

它喜欢用浆果和一些小树枝作诱饵，有时也会捡拾人类偶尔丢弃的面包屑放在水边，并用长喙轻轻晃动水面上的诱饵，以便引起捕猎对象的注意。突然间它发现了目标，迅速潜入水中将试图获得食物的鱼儿用尖利的嘴巴叼起。实际上，此前它的一切举动都是为了这一刻。然而如果没有这样的结局，此前的一切准备都没有意义，正像人们日常生活中的种种举动一样。不过，更多的时候，人们并没有刻意设计一个目标，它的等待完全在无意识之中，这些没有被赋予意义的时刻，耗去了生命中大多数时光。

50. 烽火台

一天，我坐在家乡的一座烽火台下，享受着它的阴影。夏日的阳光格外强烈，它用刀子一样精确的雕刻，将烽火台残缺的影子描出了边界，一个发黑的轮廓散发出一片阴凉。那时候我的年龄很小，也许只有七八岁，也许还要小一点。记忆已经从大脑的褶皱中盘旋，就像鹰的翅膀，漆黑，柔软却有力，它拍打着空中耀眼的蓝，并在地上留下了一连串斑点一样的影子。烽火台下的凉爽给了我极大的快乐，微风飘动，丝绸一样扫过我的脸庞，擦去了在野地挖野菜时溢出的汗滴。

远处是一片庄稼地，玉米刚刚出穗，就像冒着白色火焰，不断晃动着梢顶，它的顶部不到半米的空间也变得发白，仿佛被这些玉米的光焰照亮了。一面高坡上一棵孤零零的白杨树，几乎一动不动，保持着自己高高的沉默。我背后的烽火台，从我的村边就可以看到，但是我是第一次靠在它的身上，有一些细小的土粒有时会掉下来，落到我的头上。面前的箩筐里，野菜已经被太阳晒蔫了，它们从箩筐的中间塌陷下去，形成了一个不光滑的凹面。

那时，我根本不知道自己背后的土堆究竟是做什么的。我感到十分奇怪，人们为什么会在这里堆起一个高高的土堆？

我后来知道它是古代通信系统，用来传递军事情报。如果边关发现敌情，烽火台上就会升起狼烟，如果是在夜晚，就点亮火光，以便调兵支援。据说，这样的信号可以在一昼夜传播一千三百多公里。这些烽火台一般都建在高处，这样更容易被远处看到。它们等距离地分布在一条线上。老人们告诉我，一般它们之间相距两千五百米。这是人的肉眼正常情况下可以看到的最远距离。它指明了人观测的限度。

卡夫卡在小说《一场战争的描写》中描绘了几个轿夫过河时的情景："河对面，仆人们扭曲着肢体，把轿子抬到了水中，他们一面用一只手浮在不平静的水面上，以保持姿势不变；一面用四条长毛的胳膊把轿子高高举起，露出来那不寻常的高高隆起的肌肉。河水先拍击着他们的下颏，然后没到嘴巴，轿夫们头向后仰，抬杠落到了肩膀上。河水已在他们的鼻梁周围荡漾。尽管他们还没有到达河中心，但他们仍不放弃努力。这时，一个不高的浪头向前面轿夫的头上打来，于是这四个人就毫无声息地溺毙在水中。同时他们用他们那野蛮的手把轿子也一起拉了下去。河水急速地重又流拢来……"卡夫卡看到了人的力量的限度。

他在另一篇小说的结尾有一段对话。一个人说："我不想争论。"另一个人说："您不想争论，但也不愿意承认您的错误，那么您为什么还要坚持这样做呢？假使您现在还清楚地记得的话，我敢打赌，如果您同他谈谈，您就会忘掉一切……"这样的一个结尾，让人感到，因为万物都有自己的限度，世间的一切事情都不可能完满。惋惜、悔恨以及一切我们难以忘掉的痛苦，都是限度留下的阴暗的彗尾。

51. 权力的来源

我们经常谈论权力，但是很少谈论它们的来源。因为我们知道这是一个简单的问题，它不值得谈论。可是，重要的东西总是被忽略，这是人类与生俱来的思维习惯。一个缺少原因的粗线条的世界得以降生，都是由于我们并不重视那些细小的部分。事实上，我们的生活更多的是那些被忽略的事物起着主宰作用。它的很大一部分不属于我们思考的范围。也许，在我们看来，它不值得动用宝贵的大脑细胞。我们知道，即使是在一个家庭中，也存在着权力。权力的本性实际上就是人的本性。卡夫卡也谈论权力，但他不愿意直接回答这一问题，他希望用婉转曲折的戏剧性的方式，引起我们的注意。

他先告诉我们，权力和女人是一回事，或者说，权力是另一回事。看起来这样的说法十分矛盾，它们从命题开始就发生冲突，直到这两个命题自行分开，各自回到自己的轨道上运行，就像两个星球在宇宙中各自围绕自己所属的星系一样。尽管它们从大的方面来看，同属于宇宙爆炸之后的残余物和副产品。这一次，问题单刀直入，一下子切入正题。这篇不长的小说片段，从一次谈话开始。

——“你的权力以什么为基础？”——“你以为我有权力？”——“我以为你很有权力。我欣赏你的权力，同样也欣赏你行使权力的那种克制，那种不谋私利，或者不如说，你对你自己行使这一权力时的那种决断力和信念。你不仅仅克制自己，甚至同你自己做斗争。你为什么这样做，个中的原因我不打算问你，你自己知道就可以了，我只问你权力的来源。我以为我之所以有理由提出这样的问题，是因为我已经认识到这种权力，这是迄今许多人都未曾做到的，并且我已经感到这种权力的威胁——由于你的自我克制，今天它还没有超出这个范围，感觉到它有某种不可抗拒的力量。”

从这一个提问者看来，他的身份更像是一个审问者的角色，他居高临下，甚至有点儿咄咄逼人的姿态。看来对方必须回答，他必须正视审问者的问题，不能有丝毫的回避。这里有几个关键点。（1）权力的运用；（2）权力的来源；（3）权力的威胁。第一个问题已经基本上解决了。第二个问题是提问者最关心的问题，也是最令人迷惑不解的问题。第三个问题仅仅是一点儿感受，“感觉到它有某种不可抗拒的力量”。它是疑问解决之前的一个结果。也许随着问题的揭开一切会烟消云散。

回答出乎预料：“你的问题很好回答：我的权力以我的两个妻子为基础。”这一解答将我们引入了另一个更加深奥的谜团。一个谜题带来了迷雾重重的悬念。这个男人开始谈论自己的两个妻子。显然对于另一双眼睛来说，这两个女人应该没什么可说的优点，“她们看上去，对不起，就像两个女厨娘，不很干净，衣服穿得邋里邋遢”，但是对于和她们的命运息息相关的丈夫来说，却有说不尽的话题，“……我晚上下班回家，只有星期天白天我见到她们的时间才多些。由于我喜欢下班后尽可能久地独自在外面逛荡，所以我很晚才回家。为了节俭，我们晚上不点灯。我确实没有这笔钱，为供养这两个能不停吃东西的女人，我耗费了我的全部工资。于是，我在黑乎乎的寓所门口敲门。我听见，那两个女人怎样呼哧呼哧地来开门。蕾西和阿尔巴说：‘是他，’两个女人喘得更厉害了。如果在那儿的不是我而是一个陌生人的话，她们会对此感到害怕的……”这是一些关于两个妻子的生活细节，她们的丈夫非常熟悉每一个微不足道的事情，绘声绘色地讲述给提问者。

这些家庭生活的场景既说明了这个男人在家庭中的地位和意义，也说明了两个妻子以怎样的方式给了他权力。他只是一个讲述者，但实际上他在讲述的过程中已经点明了主题。这种讲述不过是一种回忆，是已经发生过的事情。然而，他现在的状况依然如此，这似乎是一种永恒的状态。他不断地把自己和两个妻子之间的各种日常琐事告诉提问者，实际上是想说出日常生活中的每一个细节都意味着权力的介入，没有权力失去介入机会的时刻。

最后的结尾依然是戏剧性的。他说着说着，突然意识到了什么，于是陷入了沉默。提问者在倾听的过程中突然被这种沉默所震动，倾听的惯性被一种奇异的力量终止。提问者吃惊地问他为什么不说话了，讲述者认为自己早已经忘掉了提问的问题，在讲述的过程中偏离了方向，他将问题早已置之脑后，而是一直在家庭生活的细节中徘徊。然后他说："我离题了。刚才怎么了？你向我询问我的所谓的权力的来源，我举出了女人。喏，是这样的，我的权力来自女人。""来自于纯粹的与她们的共同生活？"回答是肯定的。提问者发现眼前的这个讲述者突然之间变得沉默寡言了。然后得到的答案是："你看见了，我的权力有限度。不知是什么东西在命令我沉默。"

在这里，男人既谈到了妻子赋予他的权力的过程，原本展现在日常生活的各种细节中，它似乎根本不可能用某种理论预言说明，能够对这一问题进行表述的只有讲述事实。除了事实之外，这一问题几乎是不可理解的。它只在事实中是清晰的，在原理上是模糊的，甚至是神秘的。或者甚至在事实上也是模糊的，日常的各种事件散失在时空中，它并没有秩序，除了随意地罗列之外，没有什么更多的线索。然而有一点是可以说出的，那就是，权力是有限度的，它来自某种命运的决定，甚至包括一个人的讲述和他的沉默。

多人甚至一个群体中会怎样呢？结果可想而知。

在一篇碎片似的作品中，他用童年时代的眼光描述了独特性对于一个人来说意味着什么。一开始他就用自卑的口气谈到，在同学们中间，他很笨，但不是最笨的。这种智力上的失落感充满了一个人的心灵。重要的是，人们不断拿出证据，这使得一个孩子经常生气，有时还为此伤心地哭泣。外部的看法转化为内心的焦虑和不安，以致他经常陷入精神恍惚的状态。但是人们从来不考虑一个人的独特性。他对这样的现实感到十分不满。他写道："每个人都是独特的，并有义务发挥其独特性，但是他必须喜欢他的独特性。"

但是独特性一直是遭到社会普遍压抑的东西，就像那些敲打石头的石匠，人们希望改变那些石头，以便将石头凿制成自己所想的样子。可是，石匠所想的和石头所想的并不一样。当然，石头从来不会思考问题，也没有生命的特质。事实上，很多人就是这样想问题的，将人当作了石头，而不考虑他所面对的人的心灵、情感以及独特性。卡夫卡顺手举出了一个习见的例子：一个孩子晚上正在读一篇扣人心弦的小说时，必然会引来一连串针对他的训诫。"假如人们说，时间太晚了，眼睛会坏的，明天早晨会睡过头，很晚也起不来，这个蠢故事是不值得这么读的。"可是，孩子却不这样看。他会认为，一切是无限的，或者是不确定的，所以也等于是无限的。

时间是无限的，因此不存在太晚的问题；视力是无限的，因此眼睛不会坏掉；甚至夜也是无限的，因此不必担心早上起床的问题。至于所看的小说，则应该依据孩子的兴趣为准则，而不是用聪明或愚蠢来区分。孩子不愿听信任何不符合自己心情的建议和训导，这意味着独特性所取得的成果。

在许多人看来，这样的事例似乎荒唐，但是对于独特性的损害正是存在于这些平常的事例中，我们认为比别人高明的地方，实际上毁坏了别人的独特性。卡夫卡认为："谁都不像孩子们有那么多改革的愿望，尽管这些压制从某些方面看并不算错，但这些事像任何类似的情况一样，化成了激励的力量，强调这种情况的普遍性并不能磨钝这力量。"从而，那个孩子，也就是"我相信，正是在那个晚上世界上没有一个人比我更爱读书了"。可是，这种夜晚禁止读书的例证极易成为一种生活基调，"人们不承认我的独特性，但由于我感觉到它的存在，所以我在这方面总是十分敏感和警惕，于是在他们对我的这种态度中看到了一种最后的判决"。

卡夫卡实际上强调了人的独特性和世界之间的关系，你越是强调独特性的存在，你就越会对独特性的意义表示怀疑。你越是观察生活和自己，就越会发现掩藏不住的独特性——它一直支配你的生活，但它只会给你添加负担，而不会使你获得解脱。"人们是永远不会明白这一切的”，如果你仍然强调独特性，甚至试图重新夺回美好的童年时代和潜藏在内心深处的独特性，就意味着夺得短暂的愚蠢和以后长久的痛苦——这样说来，令人向往的独特性，美好的独特性，你愈是强调就会愈加绝望，因而，独特性和绝望之间存在着一个等式，连这个等式也是绝望的。

53. 奇怪的动物

在世界各民族的传说中，几乎都有动物的影子。中国早期的神话传说中，动物的力量和人的力量总是联系在一起，甚至我们的祖先都是人面蛇身。中国传说时代的治水先驱鲧在死后就化为黄熊。而他的儿子禹曾被人考证为虫，古文字学家顾颉刚从文字角度解析，认为禹为蜥蜴之形。汉墓中出土的汉画像石上，涉及众多的动物形象。头戴璎络的飞马、坐在云柱之上的古怪的鸡首神人和牛首神人，以及形貌怪诞的独角神兽……我们可以举出更多的例子，说明早期人类与动物之间的关联性，并赋予动物以神性。

希腊克里特岛上存在的三千多年前的米诺斯文明，它的迷宫里深藏的牛首人身怪兽，经常需要供奉活人，令人感到恐怖。很多作家以此作为自己小说中的某种隐喻。古希腊神话中也充满了动物形象，比如说牧神的儿子就长着山羊角和山羊胡子，甚至还长着羊蹄。在古埃及的遗留建筑——尼罗河边的巨大的神庙中，就排列着山羊形状的神兽，它们作为太阳神身边的神灵，有着神秘的原始宗教含义。这些传说充溢着美妙的诗意，它们是人与动物共生共存、朝夕相处的见证。当然，这些神话传说中的动物被赋予了深奥晦涩的宗教意义，甚至由于时间久远和思维变化，它的原始的含义已经丢失，只剩下了信仰的骨架。

卡夫卡是一位充满想象力的小说家，他在很多小说中借用了动物的形象。这也许受到了传说的启示。他善于用某种动物的形象编织扑朔迷离的故事，并给人留下难解的谜题。这种谜题的魅力在于动物具有深邃的隐喻价值，它的指向不是单一的，而是分散的，像太阳光那样从一个虚构的实体形象上向四处发射，发出耀眼的光芒，以致那发光的中心却呈现出一团黑暗，让我们看不清它的面目。

卡夫卡独具寓意地将一个犹太教堂中的动物描绘得栩栩如生，仿佛真的有这样一种动物存在。这是小说家的本领。他在一篇显然别有新意的寓言性文本中，开门见山地谈起——在我们的犹太教堂里有一头如一只黄鼬般大小的动物，它的模样常常可以看得很清楚，它容许人走近到两米左右的距离以内。它的颜色是一种浅蓝灰色，它的毛皮还没有人摸过，所以对此无可奉告，人们几乎想断言，连毛皮的真正颜色还是个未知数，也许这看得见的颜色，只不过是粘在毛皮上的尘土和灰浆而已，这种颜色也像犹太教堂内墙上的灰泥，也许稍浅了一点。

它的模样非常吓人，长长的脖子和三角脸，突出的牙齿，上唇上方一排长长的、突出于牙齿之上的坚硬的浅色粗毛——这显然更像人类的胡须。

你看，卡夫卡描绘的这个动物简直有着令人难以捉摸的神秘感，我们只能感到它的大小，就像黄鼬一样，其他一切都不能肯定，因为没有人真正地接近过它，甚至没有人摸过它的皮毛。因为这头动物居住在教堂这样一个神圣的地方，所以它几乎可以视为神灵的宠物，或者说它代表着某种超自然的事物，它只是在人们面前显示为一个具体的动物形象。这个动物有着很多奇怪的癖好，但没有什么危险性。卡夫卡告诉我们，这头动物不足以吓倒男人，甚至男人们早已对它漠然视之，"一代人指给另一代人看，人们经常能碰到它，最后不再看它一眼，连第一次见到它的孩子们也不再感到惊讶"，然而女人们却害怕它。这是因为它总是离女人比离男人近一些，看来这头动物看到了妇女们的软弱，而对男人就显得胆怯。卡夫卡究竟要告诉我们什么？这究竟是一头什么样的动物？它有着怎样的寓意？一种神秘感笼罩了我们。我们只好从各个方向窥视这个谜团。

这头动物在人们做祷告以外的时候就待在一个隐蔽的处所，但是一旦人们开始祷告，就会受到嘈杂声的惊吓，跑了出来。它想看看发生了什么事情，它想保持警惕或者有力地逃跑。它喜欢待在高处，因为高处显得安全，也因为在栅栏以及墙上的突出部位跑起来最痛快……卡夫卡认为它的这种警惕性完全没必要，因为“它是屋里唯一的一头动物，所以它根本就没有敌人。这一点，随着时间的推移，它本来是可以认识到的。声音嘈杂的祷告可能是吓着了这头动物，但是这种祷告也只是每天重复一次，节日期间有所增加，始终有规律，不会有间断，即使最胆小的动物也会习惯的”。他猜测这头动物胆小的理由：“这是对早已过去的时代的回忆，还是对未来时代的预感呢？也许这头老畜生比分别在这座犹太教堂聚集过的三代人知道得更多？”

卡夫卡在这篇短篇小说中，或者是自己偶然得之的片段式文学作品中，显然将这头动物的寓意指向了某种精神层面的内容。教堂、动物、祷告、胆怯以及其他古怪的行为，暗示了人性中的某些部分。它居住在教堂中，实际上乃是居住在人的心灵中。卡夫卡在结尾部分说：“据说许多年以前人们确实曾试图把这头动物赶走。这种说法可能是真的，但是更有可能仅仅是杜撰出来的故事而已。有案可查的倒是，当初人们从宗教立法的立场出发曾研究过这个问题，即可不可以让这样一头动物留在教堂里。”卡夫卡的这种说法，很显然证明自己所说的这头动物象征着某种人性——人们早已对它习以为常，然而它仍然是如此神秘，甚至我们永远不可能认识它的真容。我们既不可能赶走它，也不愿意容留它，我们对它的态度既留恋又有点儿憎恶，我们的内心深处为此充满了矛盾和斗争，但是对于这样一头动物的存在，一切法律和一切情感都显得无可奈何。

这篇寓言模糊而真切，神秘而清晰，就像很多卡夫卡的作品一样，让人不断猜测不断推理，它耐人寻味而毫无结果。卡夫卡用优美的语言设计了一个很好的尾声："教堂仆役声称记得，他那位也当过教堂仆役的祖父就很喜欢讲这件事。说是这位祖父小时候常常听说摆脱这头动物的故事，他是个爬墙能手，在虚荣心驱使下，在一个阳光灿烂的上午，整座教堂都沐浴在阳光下，他曾偷偷溜进去，带着一根绳子、一把弹弓和一根弯曲的棍棒。"也就是说，要是人们真的敢于驱逐这头动物，一个重要的前提是，你必须被虚荣心所驱使。

54. 慢的，更慢的

生活中的很多事情不是让我们来理解的，而是让我们来观察的。这种观察不是让你发表议论，也不可能为你增添新的思想，但是，它可能非常有趣，令人赏心悦目。卡夫卡经常为我们提供这样的生活素材，你在不经意之间为此露出会心的一笑。在他的随意小品中，这样的事实尤其之多。他用自己的经验和想象力不断为我们编织离奇的故事，非常类似于古代的传说，斑驳陆离，流光溢彩，这些故事简单而丰富，幽默而费解。

我们看一个关于慢的故事吧。人们总是强调快，尤其是现代生活，或者和经济有关的事情，效率被人们谈论得最多。可是，卡夫卡谈论慢，看看生活的硬币还有另一面。他可能试图揭示，快可能是人们追求的，但是生活的本质则是慢。他给我们这样描绘："一位骑手驰骋在林间小道上，他的前面跑着一条狗，后面跟着几只鹅，有一个小姑娘用树枝驱赶着。"这是一幅超现实主义的绘画，我们轻而易举就可以想到整个画面。悠闲的生活，近似于田园牧歌。有趣的是，那位骑手的驰骋在这里显得非常苍白，他仅仅占用了一个潇洒的语词，实际上树林中的驰骋不会露出骑马的优点，骑手的命运沉浸于一个慢镜头之中。因为他和前面的狗，以及后面的大摇大摆的鹅和赶鹅的小姑娘，采用了相同的速度向前。快和慢，竟然同时发生，它仅仅转变为一种个体感受。我们感到惊奇，这么快的为什么与这么慢的走在一起？乌云中的闪电很难照亮整个云块，我们仍然看不见迷雾的边界线。

重要的是，静止的事物也发生了变化，这是卡夫卡的相对论。它不可能像爱因斯坦的相对论那样被物理学家所理解，也没有复杂的公式和精确的计算，推理和论证在这里失去了作用。他只给我们讲述现象，他的脑海中不断浮现的现象，被无数狂风急浪拍打着的现象。这些现象近似于梦幻，但有着比梦幻更深邃的秩序感。在这里，不仅一个驰骋的骑手、一群鹅以及赶鹅的小姑娘一起行进，而且他们“都在尽快地向前赶路，但速度不是很快，每一位都能轻而易举地跟上”“此外，两边的树也跟着跑，好像总有点儿不太情愿、疲惫不堪的样子，这些老掉牙的树”。如果这样的事情发生，只有一种可能，一切一切，都站在原地，他们压根儿就没有发生位移，运动仅仅是一种幻觉。

按照卡夫卡的描述，他们的确在运动中，他们不仅没有停下，而且其他人——“一个年轻的运动员撵上了小姑娘，这是个游泳运动员，他以强有力的动作游着，脑袋深深地埋在水里，因为水在他的四周波涛起伏，而且无论他怎么游，水总是跟着他流动。接着是一个木匠，他得上门去送一张桌子，他把桌子扛在背上，前面那两条桌腿牢牢地攥在手中。跟在木匠后面的是沙皇的信使，他由于在林中碰到这么多人而不高兴，不时伸长脖子向前张望，看看前面何处是尽头，为什么大家行进得这么慢，慢得令人讨厌。”这简直就是一幅众人行进图，每一个人和动物都几乎用同样的速度前进，就是快的也完全和慢的一样，这完全违背了我们的经验常识和合理的逻辑。

游泳运动员、树也加入到了这一运动之中，一个既是静止又是运动的、既是快的又是慢的、既是矛盾的又是同步的景观，演出了一场轻喜剧。这正是卡夫卡千方百计想要达到的效果。看来一切都实现了。在一个混乱而又充满了秩序感的世界上，人们正是这样生活着。只是我们不太敢于这样理解自己的生活。

就在这时，作为统治者符号的沙皇出现了，他不能在这样的情况下缺席，不能对人间的事务置身度外。“这个还算年轻的人，蓄着山羊胡子，长着线条柔和的圆圆的脸，表露出对生活的愉快心情。这种泱泱大国的缺点暴露了出来，沙皇认得他的信使，可信使不认得他的沙皇，沙皇正在借此短距离散步散散心，可向前的速度并不比他的信使慢，他其实完全可以自己把邮件送去的。”在这里，统治者的优越感在于他年轻，他在散步中已经超过了他的信使，但他依然让比他还要慢的信使代他传递邮件。这意味着，即使是最高的权力，也是为慢的生活服务。一切权力的运用仅仅是为了让一切慢下来。

55. 刀子和面包

戏剧性的一幕。万物的存在都有自己的理由。我们不应埋怨有难度的事情，而要告诉自己，事情还有另外的一面。卡夫卡是讲故事的老手，他总是变着法儿设置一个个圈套，让那些倾听者先捕获鱼饵，然后被一根长长的钓线拖到深深的水底，让你遗忘了自己的呼吸。

他一开口总是让人感到惊奇。他开始说："桌子上放着一个大面包。父亲拿着一把刀子走了过来，想要把它切成两半。可是，尽管这把刀又沉又快，这面包既不太软也不太硬，刀却怎么也切不进去。我们这群孩子惊讶地仰着脑袋看着父亲。他说：'有什么可大惊小怪的？难道办成功一件事不比办不成一件事更怪吗？睡觉去，也许我到头来会成功的。'"

这是一个故事的开头。我们几乎不知道发生了什么事情，为什么一把刀子竟然切不开一个大面包？一切都违背了我们的生活经验。除非发生了不可思议的事情，或者那把刀子并不是真的刀子，而是一张画着刀子的白纸。孩子们惊奇是有道理的，他们盼望着大面包被分成若干块，这样他们就可以拿走属于自己的那一份了。然而，这样一件简单的事情竟然以失败而告终。剩下的，他们只有寄希望于时间了，也许时间会让他们的父亲成功。大面包不会飞走，即使是明天，它仍然会待在桌子上。耐心地等待，拖长了希望的影子，就像太阳刚刚升起的时候，你站在旷野上，你的影子会延伸到很远的地方。事实上，这既不能反映你的身高，也不能说明影子本身的长度，一会儿，一切就会发生变化。

想一想，接下来会发生什么？孩子们睡下了，可是他们睡不踏实，“在夜间不同的时辰，我们中间不是这个就是那个从床上坐起来，伸长脖子，窥视父亲的动静。每回总是看到他，这个身着长外套的大个儿男人，仍然架着弓箭步，试着把刀子揿到面包里去”。但是第二天清晨起来，面包仍然没有切开，父亲一夜的努力差不多白费了。

卡夫卡描写的父亲形象给人以亲切、执拗、好脾气以及内心充满了爱的感受，为了切开一个面包而整夜未眠，尽管我们认为这样的事情十分荒诞，在现实生活中不可能发生，但是卡夫卡绘声绘色的描述，几乎让我们相信，这一切都是真的。一个穿着长外套的男人，一个大个子男人，一个几个孩子的父亲，怀着歉疚的心，不断地尝试一件我们看来十分容易做到的事情。而且，他因此扮演了一个失败者的形象，一个让人惋惜的戏剧中的角色。

结果令人扼腕叹息，孩子们都对此进行了尝试，父亲也允许他们做这样的尝试，也许孩子们有办法将这个大面包切开呢！但是一切并未让人如愿以偿。孩子们几乎连刀子也没能拿起来，“只能勉强地使它翘起来，它的柄被父亲握得发烫”。父亲只能安慰孩子们，并告诉他们晚上还要尝试，他根本不相信一个面包竟然不能被一把刀子切开。他还借此告诉孩子们一个道理：“最终它一定会让人切开的，只不过它有反抗的权利，那就让它反抗吧。”但是，神奇的场景出现了，也许是这句话起到了作用，也许是父亲的决心动摇了面包的抵抗，这个大面包竟然开始收缩，“就像一个下定决心面对人的嘴巴那样收缩，现在它变成了一个很小很小的面包”。

卡夫卡给我们讲述的更接近于一个童话。它是如此具有魔术感，一切都处于不可思议的变化之中。变化，超越我们想象的变化，不断地变化，在变化中充满了令人惊叹的悬念，让人伸长脖子不断地处于等待之中，并且最终仍然让我们处于一个迷离恍惚的谜团之中，从而引发我们更多的想象，对于整个世界的想象，这就是卡夫卡期待的结果。实际上，他已经做到了，即使在这样一个很短的小品之中，同样展现了讲述的魅力。我们好像抵近了一个小小的水花，一个小小的水面上令人不易察觉的小小的波纹，却从中看到了惊涛骇浪的气魄和力量。一个荒诞不经的故事，改变了我们对阅读的某些固定思维。

我们不解的是，最后大面包怎么就缩小了呢？它怎么就变成了一个很小很小的面包呢？这简直就像是一个巫术。但是，卡夫卡在讲述中运用了让它变小的巫术。面包的缩小只与我们的精神世界有关，在这个故事中，这个面包从来不是指向物质层面的东西，它是我们某种精神产品的见证物，它所面对的是人的某种意志，一个父亲的意志和孩子们的意志，它的缩小实际上是对这样的意志的一种屈服，一种放弃抵抗的隐喻。

56. 迷途

我曾经在秋天收割过庄稼，不会忘掉在艰苦的日子里，农民怎样在禾田里干活儿。秋天来临了，天渐渐变得凉爽。田野里的庄稼叶子开始发黄，一年一度最有意义的光景将在一片镰刀声中结束。秋虫一片哀鸣。为了躲避可能到来的秋雨，人们开始抢收成熟的庄稼。在夜晚的星光下，一片磨刀声。镰刀从阴暗的角落被拿了出来，蘸着水，和已经形成凹面的磨刀石接触、摩擦，发出了独特的沙沙声。

从一大早起来，农民们就怀着急迫的心情来到地头，面对无边无际的高粱地或者一垄垄大豆，几乎不知道从哪里开始收割。他们抽出腰带上插着的镰刀，晃动着，镰刀新磨的刀刃呈一道月牙形的弧光，在早晨的暗淡的光线中忽隐忽现地好像跳动着火星，很像一堆篝火的尖梢上迸溅出来的那种火星，耀眼，明亮，闪烁不定，甚至有点儿模糊，涣散，似有似无，飘忽而富有活力。

那种秋天的情景很容易触动你的某种感伤。它几乎毫无确定的指向，差不多是一种天地苍茫的感伤，它可能仅仅是一种情绪，和现实生活没有必然的联系。可以说，这样的感伤就像秋天的天空一样碧蓝、纯粹。没有一丁点儿杂质。卡夫卡写了收割，但是不写这样的收割。秋天真实的收割诗意太多，但那不过是表象的诗意，它很难触及灵魂。卡夫卡这样写道："我磨快了镰刀，开始割起来。只见一片黑压压的东西在我的面前纷纷倒下，我从它们中间走过去，不知道那是什么。村子里有警告的声音传来，可我把它当成了鼓励的叫喊声。因此，仍然向前走去。活儿干完了，我走到一座小木桥边，把镰刀交给了等在那儿的一个男子，他一只手伸出来接过镰刀，另一只手像对孩子那样摸了一下我的脸。"

疑问随之而来。他究竟收割了什么？那些黑压压的倒下的东西是些什么？我们不知道。我们只知道这是一次收割，和收割者知道的一样多。收割者不知道他所收割的对象，他仅仅将这件事当作干活儿，干完了就结束了。即使村子里传来声音，他也不能辨别这究竟是警告还是鼓励。实际上，他一直处于迷途状态，但有一点是清楚的，那就是干活儿本身，以及他手里握着镰刀并用来收割。

这样的迷途境况一直持续到最后，"走到桥中间，我开始怀疑起来，我走的路到底对不对，于是我对着昏暗的天色大声喊叫，但没有任何人回答我。我走回到岸边来，想向那个男子打听，可是他已经不在那儿了"。这意味着，那个等待他的人，仅仅是为了等待他陷入迷途，并一直处于迷失状态。这一切仅仅是为了一个盲目的收割者而设计的。

57. 答复

从前，农村的车夫经常遇到这样的情形，即在前方的公路上突然出现了一块大石头，它也许是从高处的山崖上滚落的，也许是山体滑坡造成的后果之一，也许……总之，马车无法通过。唯一的方法是，车夫跳下车来将大石头搬开。如果没有足够的力气将其挪开，就必须等待更多的人一起搬开石头。车停在那儿，拉车的骡马刨着蹄子，地上的小土块被刨得松动，不断溅起尘土，时而伴随着骡马疲惫而失去耐心的嘶鸣。它们仿佛和它们的主人具有同样迫不及待的心情。车夫的目标从远处暂时移开，最重要的事情就是等待一个机会。石头是无言的，这里没有对话，没有交流，只有沉默中的寂寞以及焦急的等候。

一个日常生活的场景必须被赋予意义，才能有效地纳入记忆。卡夫卡将这样的场景转化为两个人的场景。事情立即变得不同寻常。因为，人可以谈论，可以进行交流，还会说出自己存在的理由。卡夫卡在一篇随想中讲述了两个人的相逢，并为此设计了一段迷雾重重的对话。“这一切都是毫无用处的。”他以这样的语言开篇。这其中的一个人说：“你连我都没有认出来，而我正胸贴胸地站在你面前，你还怎么走下去呢？因为你连面对面站在你面前的我都没能认出。”这里所说的，是两个人的相逢已经到了胸贴胸、面对面的地步，他们之间已经没有任何回旋余地，除非一个人礼貌地避让，否则他们只能停在那儿，一动不动，道路的宽广解决不了任何问题。这更像中国成语里所说的狭路相逢。

另一个人的回答说出了自己的理由。他说：“你说的对，我也这么对自己说，可是因为我没有得到答复，于是便停留在这里。”也就是说，这个人需要的是一个答复，可以说并没有更高的要求和奢望。可是得到的回答令他失望。那个人说：“我也一样。而我在这一点上并不比你逊色。”结论是：“所以对你来说同样可以说，一切都是毫无用处的。”

这一段谜语一样的对话至少说明，在一个人的内心深处，一个简单的理由可能成为不可克服的屏障，因为这个简单的理由不可能绕过去。它不同于物质的石头，可以搬开，也可以绕过去。若是如此，人与人的相逢比人与物的相逢更为可怕，人与物的相逢可以转化为焦急的等待，而人与人的相逢则不仅需要焦急的等待，还需要痛苦的等待，甚至毫无意义的等待，甚至必须绝望地永远停留在一个地方，这个地方成为一个人命运的终点。实际上，卡夫卡说出了一个令人不寒而栗的事实，那就是我们在很多时候，根本不可能获得答复……于是答复就成为人的某种最高的期盼。

58. 赢和输

有人说："我赢了。"或者有人说："我输了。"人们习惯于用输赢来表达生活的某种结局，可能是暂时的结局，可能是最终的结局。一个人曾问过一个下棋的高手："你输过吗？"回答是必然的："你要下棋就总有输的时候，有赢就有输，没有永远不输的棋手。"那个人就说，他有不输的办法。棋手立即感兴趣地问道："真有这样的办法？请你告诉我。"那个人告诉他两个字："不下。"这个结论同样令人失望，对于一个赌徒来说，这意味着让他戒赌。不输的代价是让他放弃自己的某种爱好，这样人生就变得乏味。

卡夫卡谈论输赢是以不输为底线的，然而这样的不输是让更多的人输掉。他在一篇作品中讲了一个寓言味儿十足的故事。这是他作为一个小说家所擅长的。他这样讲述："我在沼泽林的当中设置了一个岗哨。但现在一切都空了，无人回答我的呼喊，这哨兵走失了，我不得不安排一个新的哨兵。我注视着那个骨骼突出的男子红润的脸……"

他必须告诉新哨兵一点儿什么，因为前一个哨兵跑丢了，或者可能开了小差逃掉了，或者是遇到了某种不测。各种可能都有。这样的事情哪里都有，应该是生活中的常态之一。于是，他开始告诫新来的哨兵，在这样的不毛之地容易发生此类事情，让这个哨兵不要和他的前任一样走失。他必须严肃起来，否则他的告诫就不会产生效力。卡夫卡这样描绘："他笔挺地站在我的面前，像阅兵时那样。我补充道：'假如你听任引诱，那只会给你带来伤害。你会在沼泽中沉没，而我会马上在这里安排一个新的哨兵，如果他又不忠实，就再换个新的，就这样，无穷无尽。即使我赢不了，至少我也不会输。'"

这里所说的不会输，乃是由于他掌握着巨大的资本，他可以不断更换哨兵，而哨兵能够掌握的唯一资本就是他自己。如果一个人仅仅掌握着属于自己的资本，那就意味着他一旦输掉就是全输，不可能还有别的本钱让他重新开始。然而另一个人掌握的是除了自己之外的其他资本，那就意味着他可以输掉不属于自己的一切，这对于他自己来说，仍然保持了不输的状态，实际上他并没有真正地参与赌博，因为他从来就没有使用自己的赌资。

59. 仆人和主人

对一个谜题大师来说，他所做的一切就是为了将真正的意图深藏在迷宫之中，以便对别人的智力构成挑战。他看起来说的是无关紧要的事情，甚至和他真正所要说的拉开了足够大的距离，让你只看见事情的一面，甚至试图永远不让你把另一面翻过来。卡夫卡喜欢这样做，但他仍然对他的阅读者寄予巨大期望。他希望自己露出一点儿破绽，但必须将那个隐秘的谜底层层包裹起来，让你在一点点儿打开的过程中获得极大的愉悦。

即使在他看似漫不经心、随心所欲的小品中也是如此。在他看来，世界上的一切皆有意义，除非你对其意义视而不见，或者故意忽略。你不能仅仅喜欢谜底，更重要的是揭示的过程，对于人的一生来说，揭示的过程本身比揭示之后的结果重要，结果也许十分简单，甚至不会带给你什么乐趣。

很多时候，人的最重要的目的不在终点，而在起点上。他的全部理由不在于未来，而是在现在，在此时此地。它既是原因也是目的。这看起来好像不符合事实，也不符合逻辑，但是它是这样确切，甚至你不需要怀疑。在一个随想录中的碎片中，卡夫卡展示了他浮想联翩的才能，他做出了一个场景设计，并提供了一个个生动的细节。他的叙述简单而意味深长。他既是安徒生又是伊索，他乐于用童话和寓言的方式谈论他内心深藏的问题，因为这样的方式容易激起人的好奇心，以便从黑暗的大海深处打捞那些谜一样的珠贝。

一个人让他的仆人把自己的马从马厩里牵出来，但他的仆人没有听懂他的话，因为他想不出主人为什么这样做。他需要一个充足的、也可能没那么充足的理由，但是连一点儿理由都没有。主人只好自己动手将马牵出马厩，备好马鞍，并跃身而上。“我听见远处传来号声，我问他这是怎么回事，他一无所知，甚至什么都没有听到。他在大门口拦住了我，问道：‘主人，你到哪儿去？’”

主人回答：“我不知道。我只想离开这里，不断地拉开与这里的距离，只有这样才能达到我的目的。”仆人怀疑主人所说的一切，他问道：“那么你是知道自己的目的了？”主人回答：“我已经说过了，离开这里，这就是我的目的。”接着仆人提醒说：“你没带干粮。”主人立即回答：“我根本不需要。”主人的理由是，旅途非常漫长，假如他在遥远的路途上不可能获得食物，那就意味着他必定因饥饿而死。在如此漫长，甚至一切难以预料的路途上，即使你带了再多干粮也总有吃完的时候，它救不了自己。他甚至认为，这幸亏是一次真正漫长的、长得不得了的旅行，否则他就要带很多干粮，这将给人增添多少额外的劳累。

仆人和主人之间的想法存在着差异，因而不可能理解主人的真实意图，也不可能找到主人内心的理由。主人仅仅要离开自己想离开的，仆人却需要一个目的，他不知道这目的已经在离开的过程中存在了。除了离开之外，已经不可能再有其他的目的了，因为主人要开始的是一场很长很长，以至于没有边际的旅行，整个目的都嵌入了无穷。

显然这不是实用主义的内容，一次无边无际的旅行，只可能属于一个人的灵魂。这样的旅行只有一个起点，但每一天都有终点，直到生命的终点。你要携带干粮，意味着你的旅行是短暂的，它不过是你的一个片段，但是你需要全部的时候，就不再需要携带干粮，你必须在旅行中寻找，不断地寻找，你的干粮从来不会压在你的身上，而是存放在你的寻找中，这样，旅行就转变为不断地寻找——食粮的寻找，目的的寻找。

在卡夫卡的《笔记与散页短篇》中有一篇很有意思的对话，它来自鬼魂的对话，却试图说明“离开”的意义，这样的离开是和“被迫”联系在一起的。在一次招魂会上来了一个新的鬼魂，一个发话者同这个鬼魂展开了一场简短的谈话。不妨将这场对话记录如下：

鬼魂："对不起"。发话者："你是谁？"鬼魂："对不起。"发话者："你想干什么？"鬼魂："离开这儿。"发话者："可是你才来不久。"鬼魂："这是个错误。"发话者："不，这不是错误。你已经来了，并且还留在这里。"鬼魂："我觉得不舒服。"发话者："厉害。"发话者："身体上的？"鬼魂："身体上的？"发话者："你倒问起我来了，这是闻所未闻的。我们有办法处罚你，你还是回答的好，因为那样的话，我们一会儿就放你走。"鬼魂："一会儿？"发话者："一会儿。"鬼魂："一分钟以后？"发话者："别这样可怜巴巴的。我们会放你走的，如果我们……"

这个关于离开的话题，与上一个故事中所说的不大相同。前者故事中的主人可以自己做出决定，可以毫无理由地踏上漫长的旅程。这是一个处于自由中的人所做的一个获得自由的决定。但是这一个鬼魂则是被钳制的对象，它失去了自由，它必须回答发话者的每一个问题，发话者有权力决定鬼魂的命运。可以看出，鬼魂婉转地拒绝了发话者对于自己身份的审核，用"对不起"一词，回避了"你是谁"这样的问题。它有着足够的自尊，不愿意承认自己是一个鬼魂。它对自己的身份感到不满，而且不愿意过这样的生活。在这里，鬼魂有着另外的意义，它不仅是一种身份，还代表着一种被禁锢的暗淡的生活状态。

这个鬼魂没有反抗的权利，因为发话者有办法惩罚它，当然也有权释放它。这一切都取决于发话者的心情，而不是其他条件。一种无条件的统治，鬼魂实际上是一种独裁统治之下的生活，这是它想离开的重要理由，但独裁统治下的生活也并不是完全绝望的，因为在对话的结尾，发话者已经给予它自由的许诺，但在“如果”之后的省略号意味着，自由是有条件的，它必须付出某些必须付出的代价。在这样的现实面前，可以说没有无条件的希望，连希望本身也处于枷锁之中。

60. 理智

一个人做一件事，他如果不知道自己为什么这样做，这意味着缺少理智。因为这样的行为说明他已经陷入了迷狂状态。如果世界上很多人都是这样，那这个世界绝对是可怕的，令人担忧的。卡夫卡看到了世界莫名其妙的一面，发现了人的理智不过是一种虚幻的直觉，它并没有多少事实依据。他为我们讲述一个荒诞的故事，也许是在他的大脑中徘徊了很久的故事，但这个故事既缺少开头，也未必有结尾。它仅仅是一个更大的故事中间的一部分，一个无限长的直线上的一个线段，一件完整衣服上的一块令人感到眩晕的花布片，甚至仅仅是一个花纹中的一段漂亮的弧线。

他喜欢从“我”开始。这样更容易面对面地和你交谈，也显得更为平等。当然，其中的“我”可能是任何一个人，也可能从来就没有这样一个人。后一点更靠谱。卡夫卡很少说现实中真正存在的事情，他愿意用不存在的事情来说明真实的事情。他可能认为，一件事情用它本身不能证明它的真实性，真实的事物只有通过并不存在的事物才能得以论证。就像我们的宇宙一样，人们必须通过实际上并不存在的一些数学公式和定律才能论证。

但是，小说家必须讲故事，即使是头脑中偶然闪现的一道闪电，都必须转换为一个可以讲述的故事才可能被人理解和接受。卡夫卡讲述："我，也就是故事中的某一个人，因为某种原因，也可能没有任何原因，匆忙到达了一个地方。这个地方的标志只有一个，那就是一根电线杆上顶着一块牌子，上面写着'坑道'。"这是什么地方？什么坑道？这个坑道是做什么用的？不需要讲述。这也许正是这一故事的神秘和神奇之处。它几乎像一个恐怖电影，一个人要找寻这样一个荒凉的地方。这个人还认为他也许到达目的地了。这种口气显得不太肯定。接着他来到仅有几步路的一个爬满绿藤的小木房，并走了进去。"我走了进去，把脑袋从低矮的口子里探了进去，里面一片漆黑，几乎什么也看不到，但我仍然问候里面的人……"然后，他问的只有一件事，那就是这个坑道是谁管的。

当有人回答的时候，他开始渐渐适应了黑暗的环境，看到了小木房里有"一对年轻的夫妻，三个额头几乎都够不到桌面的孩子，一个拥在母亲怀里的婴儿""坐在小木屋深处的那个男人想要马上就站起来，挤出来，那女人却恳求他先把饭吃完了"。

然后是一大堆客套话，礼貌而虚假，但是有一点是真的：他差不多央求那个男人，一定要帮助他，"因为在此时此刻，确确实实就在此时此刻让人把我放下去”。他又向那个女人解释：“我不是出于恶意要求你的丈夫这样做的，假如我知道这事该怎么做，我早就自己干了。”那个男人立即说：“别听这女人的，您别指望女人有理智。”

在这个故事中，我们既不知道一个人为什么寻找别人帮忙，要把自己放到坑道里，也不知道这件事情为什么这么急迫，一切显得毫无来由。所有的这些细节中，只有一件事情属于有理智的行为，那就是那个女人劝她的丈夫先把饭吃完，再干别的事情。但是这唯一的理智，最后被否决了。那么，这个世界上的一切事情再也没有理智了。人们的理智总是在毫无理智的地方。任何一件事情从一开始就是毫无理智的，直到最后。做一件事情的理由，从来都在毫无理由的理由中。或者说，我们所做的一切事情不需要一个理由，一切理由不过是我们的意志所附加，它实际上并不存在。一个完全丧失了理智的世界将会怎样呢？这既是理智的绝望，也是卡夫卡的绝望。

61. 去哪儿

人的自由的问题，一直在探讨之中。现实生活中的自由必须抽取出其中的一部分细节，才能审视它的价值。自由不在于外在的目的性，而在于是否将决定权还给自己。决定不仅仅是一种选择的结果，它还意味着思想和行为的自由。我怎样思考并怎样行动，不容别人粗暴地干涉。我既有行动的自由，也有不行动的自由，还有拒绝别人建议的自由。卡夫卡在一篇作品中讨论了一种关于自由的状况：一个人是否可以犹豫？

地点已经说明了——在一条低矮而狭窄的通道，墙壁刷得雪白，一个人站在它的入口处。也许这是一个儿童，也许比儿童要大一点儿，这个人的年龄问题在这个故事中并不十分重要。但是为了更加逼真，卡夫卡仍然描绘得非常真实，具有强烈的现场感。包括这个通道的圆拱形，以及这个站在通道口的人“两只脚在入口处前稀稀拉拉的草上来回蹭着”。这些细节放大了犹豫不决和焦躁不安的心态。

此时一个先生经过这里。这样的事情在生活中经常发生。在卡夫卡的描绘中，这个过路人有点儿驼背，但是态度蛮横，试图和这个站在通道入口处的人攀谈，他问：“上哪儿去，小家伙？”从这一问话中可以推论，这个人年龄较大，并因此感到自己拥有指导别人行为的权利，蛮横的态度已经说明了他想干涉一个处于犹豫状态的人的抉择。他得到的回答令他失望，那个人说：“现在哪儿都不去，我正在考虑呢。”

卡夫卡谈到的不过是生活中的一个片段，他饶有兴致地将其记录下来，说明他从中发现了某个谜一样的东西。一个人的犹豫，实际上就是决定前的犹豫，他正在为一个决定犯难。这个人有着决定的权利，却在短暂的时刻突然失去了选择的能力。但是在一个过路人看来，一个人在此犹豫，一定是遇到了什么意想不到的困难，可能需要某种帮助。过路人也许纯粹出于好意，在他的观念中，这个人一定要到什么地方去，于是上来搭讪。可是过路人所问的这个人并不领情，却认为过路人干扰了他犹豫的权利，也就是说干涉了他的自由。他不仅可以决定去什么地方，还可以决定哪儿也不去。他站在这儿，实际上是保留了自己的选择权。

62. 玩具

卡夫卡心目中的玩具不是僵死的物质，而是有着自己的独特灵魂。这一点很像安徒生童话中的《小锡兵》。不过他所讲的故事不是局限于讲述玩具的活动，而是玩具作为有灵魂的物体也会有着自己的想法。卡夫卡有经常记录自己思想的习惯。这些思想不使用直接、直白的形式，而是用虚构的方式把自己某种产生于大脑中的风云闪电，捕捉到纸面上。这些灵感的闪现，很多时候也许是一团疑云，它并不清晰，密黑一片，仅仅是一个小说家的思绪的密写，它们显现为一些散乱的碎片，就像一棵大树上的叶子在秋风中飘荡，激烈地挣扎，并最终从高处坠落，铺满了林间的空地，接受夜晚月光的照耀。

卡夫卡在一篇作品中谈到了这样一种玩具："这东西比怀表大不了多少，没有任何出人意表之处。在涂上了红褐色油漆的木板面上，刻了几道涂成蓝色的小槽，都通向一个圆窝。要通过倾斜和摇动让那同样是蓝色的弹子先滚入其中一个小槽，然后滚入圆窝，一旦弹子滚入圆窝，游戏就结束了。"看来这个游戏并不复杂，甚至我们会觉得这个游戏太简单了，几乎不会对它有任何兴趣。它可能仅仅借助随机性，使得弹子可能进入这个小槽，也可能进入另一个小槽。这有什么意思呢？

是的，必须承认这一点，才可以将故事讲下去。这种乏味的游戏的意义正在于其乏味上，它用来训练游戏者的耐心。越是乏味的东西对于一个人的耐心的考验越大，你就越是用这种方式来磨炼自己。最后，这个游戏已经超出了游戏的范畴，它转变为对人的意志力的试探。当然，最重要的是用这样的方式达到了消耗时间的目的，这和所有的游戏的目的相同。而且，这种玩具还便于携带，可以揣在口袋里随时随地拿出来玩。这意味着，对测试耐力的决心必须大于测试智力的决心，这个玩具才可能不断被玩下去。它说明了在一些人看来，耐力在生活中具有不同凡响的意义和价值，必须拥有耐心，你才可能在激烈竞争的生活中胜出，从而获得你应有的权利。

卡夫卡真正的意图是为了说一说游戏中的弹子，而不是游戏中的人。他转而这样说："当这颗弹子闲着无事时，那么它多半就背着手在那高原上逛来逛去，避开那些小槽。它的观点是，在玩游戏的时候，它在那些小径中受的折磨已经够多的了，所以在闲着的时候，它有足够的理由在自由的平地上休养生息。有时它习惯地抬起头来看看那笼罩在上方的圆拱形玻璃，但并没有辨认上方什么东西的意图。它走路的步子迈得很大，于是它声称，它是为了那些小径而生就的。这有一定的道理，因为这小径差一点儿就容不下它了，但再想一想就又觉得毫无道理，因为事实上它被制作得恰好与那小径相合，当然这些小径对于它来说谈不上舒服，否则这就不能算是练习耐心的游戏了。”

一个弹子就是为这个游戏设计的，它是这个游戏中不可缺少的部分。假如缺少了弹子，游戏就玩不成了，玩游戏的人就很难知道自己的耐心究竟有多大。然而，这一切来自人的设计，弹子并不知道，它只是知道自己莫名其妙地被摇晃或者必须顺着倾斜的木板面滚入某一个蓝色的小槽，然后跌入一个圆窝。这样的折磨让它感到太不舒服了，它可能根本没有玩游戏的人那样有耐心，一切都是迫不得已。但是它必须用另一种方式安慰自己，即炫耀自己乃是专门为这个生就的，这是它的能力，这样的能力让它不能否定自己独立存在的理由。因为它，游戏才能进行，它因游戏的存在获得了意义。

卡夫卡在这个作品中谈到了命运。他从字面上丝毫没有提到这一点，但是在描述弹子的时候处处让我们感受到命运的可怕，这里存在着某种必然性。如果我们的命运中真的有一个上帝，我们的一切都已经设计好了，剩下的就是我们按照事先设计好的程序走完一生。这是多么令人失望啊。我们有时候会发现，很多时候我们并没有自主权，我们和弹子的想法一样，思想不过是虚无中的安慰剂，希望不过是为了存在下去，未来是即将到来的现在，而现在转眼就过去了。既然我们生活在一个既定的程序之中，上帝为什么不将这个程序提前告诉我们呢？难道仅仅是为了让我们阅读自己并揭开一个谜，还是就像这个游戏一样，让我们在乏味的生活中考验自己的耐心？

63. 金色的车子

一个小小的细节，一个寻常的生活场景，一个我们已经忘记了的时刻，被人重新搜寻出来了。它是这样亲切，这样耐人寻味，这样富有诗意。这个事情的开始是突然的，结尾是唐突的，一切难以预料：一辆金色的车子，轮子滚动着，在石子路上发出咯咯吱吱的声响，最后停了下来。以为姑娘想要下车，她的脚已经踏在金色车子的踏板上了。“这时她看见了我，便又缩回到了车里。”

金色的车子给我们的印象是华丽的，是希望的象征。其中的乘坐者是一个姑娘，她是我们爱的对象。车子的到来给我们以无限的欣喜，然而它在最后一刻让我们失望了。那个姑娘在最后的一瞬间，没有下车，她选择了我们最不愿意看到的一幕，缩回到了车里。

难道没有更好的结局？一切仅仅被看到，却不能真的成为现实。金色的车子，美丽的姑娘，车轮的滚动，一切都是美好的。它已经停了下来，就在我们的面前，却依然在最后的关头保持着神秘感。卡夫卡为了讲述这样一个时刻，用尽了酝酿了很久很久的绝望，以及期待了很久很久的希望。这是一个流泪的童话。

64. 树林

我们都有对树林的印象，它总是给我们以某种愉悦。在很小的时候，在我出生的村子不远处有一片小树林。我跟着到地里干活的大人们来到了树林里，夏日的阳光非常强烈，它穿过了树木冠冕上的细碎的叶片，在林间的空地上激起一片斑点。我坐在这样的小树林里，接受着来自树林之外的微风洗涤，看着戴着草帽的人们在田间锄地。他们很快就钻到了庄稼地里，只有玉米梢顶不断地晃动，证明他们在其中向前行进。他们接近庄稼地的边缘的时候，庄稼的晃动变得尤其剧烈，就像在很小的地方突然崛起了一个旋风，偶然还可以看到庄稼根部扬起的锄片的耀眼反光，但在一瞬间就被埋在了土地里。

在小树林的另一面是一条宽广的大河，它波涛的声音就像是从地下传来的一样，嗡嗡嗡，嗡嗡嗡，听起来好像有几百辆马车正在奔驰。这条河流能够穿过树林的一边，一些树木常年站在水里，被激烈的水流冲刷，然后向河流的中心微微倾斜，一些树梢已经伸到了河水中，并在不断掀起波澜的水面上留下了黑乎乎的影子。有时，锄禾的大人们会一边擦着汗水，一边四处张望并拄着锄柄向小树林走来，一个个像老头儿拄着拐杖一样，佝偻着腰身。他们要休息一会儿。林间的阴凉会给他们的心灵带来极大的安慰。

在我看来，这些小树林在童年时代是十分重要的，它让我对大自然感到惊奇，它们用这么多树聚集在大河边上，并试图遮住奔流不息的河流。它们的存在可能是为了遮住我的视线，不让我看到飘逝的事物，并将我固定在某一个美妙的时刻。实际上，每一个人都有自己的小树林，有着自己在树林中度过的时光。在不同的人眼中，树林的形象也是不一样的。卡夫卡看到的树林，尤其独特。他用童话里的目光看待月光下的树林，使得一片山坡上的树林好像被巫师施展了法术一样，充满了神奇的变化。

在卡夫卡的文学作品中，充满诗情画意的景色描绘并不多，但他在一篇短文中这样写道："树林仿佛在月光中呼吸着，一会儿它收缩起来，变得很小，挤成一堆，树木高耸；一会儿它舒展开来，顺着所有的山坡向下铺开，成了低矮的灌木，甚至它还会变成朦胧的、遥远的影像。"

在这里，一片树林不是静止的，不是仅仅停在那儿，而是运动的，不断变换自己的形象以便引发令人迷惑不解的效果。实际上，树林只是随着卡夫卡的目光移动，在这些连续不断的影像世界中，月光赋予了树林以特殊的魔力。因而在卡夫卡的内心深处，这些树林在夜晚显出了它捉摸不定的形象，它与更多处于睡眠中的人一样，已经深入到梦幻之中。卡夫卡的树林，乃是一个“朦胧的、遥远的影像”，是一个捉摸不定的世界形象。

65. 实力

卡夫卡在自己的《断想篇》中记录了一段对话，这些对话可能代表着他自己的内心对于某些问题的思考和冲突。他的心灵中往往有两种以上的声音，它们交织在一起，彼此掀起一个个充满了激情的旋涡，让人感到扑朔迷离、线索纷呈。在卡夫卡的小说中，很多经典的片段都是用对话写成的，他善于将辩驳、反诘和纠缠在一起的各种冲突用对话的方式呈现出来。比如他的《在法的门前》的对话已经广为传诵。

和他的其他对话体文本一样，这段对话也是从一个朴实无华的生活场景开始的——一个知心朋友甲开始发问："坦率一些！你什么时候还能像今天这样，在一个愿意听你说话的知心朋友陪伴下畅饮啤酒呢？坦率地告诉我，你的实力何在？"

这样的对话开门见山，一下子就展开了某一问题的探讨。我们从这第一句对话中发现，接下来回答问题的人的身份可能是一个很少吐露真情的刻板的人，也许还有更为隐秘的原因，他在平时根本就没有机会和别人谈论自己的内心世界。这个人也许具有一个极其内向的性格，也许是由于其社会中扮演的角色使然，他的工作必须让他保持足够的警惕。也许这是一个具有很高地位的家伙，是一个统治者的代表。更有可能是后者。

这一次，一个知心朋友和他一起畅饮啤酒，并试图推倒交流的障碍，对方希望能够在谈话中触及一个人的真实思想。一开始谈话进行得并不顺利，在甲的追问中，乙放弃了虚与委蛇的应酬式语言，认真地说出自己思想的真相，并承认自己的确是具有实力的，甚至是强有力的。乙是这样表达自己的强大的："可是这只是我个人的事，任何人都看不到一星半点儿这种强大力量的痕迹，一点儿影子都见不着，就连我也见不着。"

甲并不放松进一步追问："可你却认为你是强有力的。为什么你会认为自己是强有力的呢？"得到的回答是："我认为自己是强有力的，这么说不完全正确。这是夸大其词。就像现在这样苍老地、颓丧地、肮脏地坐在这里的我，并没有认为我是强有力的。那种我相信其存在的力量我发挥不出来，而要通过其他人，而这些其他人是听我的。这当然只能使我感到十分羞愧，而不能带给我丝毫的自豪感。也许我是他们的仆人，他们出于大事主的游戏心理把我视为高于他们的主人，如果是这样，那么事情还不算糟糕，因为一切不过是假象。但也许我真的注定是高于他们的主人，那么我这个可怜的、无可救药的老家伙该怎么办呢？我要把杯子从桌子上拿起来，够到嘴边都没法让自己不哆嗦，那么现在我又怎么能够统治得了大江大海呢？”

这段回答说明了说话者的年龄已经较大了，在一个常态的社会中，只有这样才能积累统治他人的资本。他的内心并不十分强大，或者这种强大仅仅是一种表象。他一方面成为别人的主人，另一方面又不得不因此成为别人的仆人。他对自己的身份是怀疑的，在一个彼此利用的社会场景中，他不能因自己的强大而产生丝毫的自豪感，甚至还感到羞愧。他看到了权力的虚假，以及拥有强大力量的人内心的虚弱。自己究竟是主人还是仆人？在一个均等机会的游戏规则中，身份并不能被真正确定。

可是他的朋友甲并不相信这个事实，他说：“你看，你多么强大，而你却想隐瞒。可是大伙儿都认识你。就算你老是一个人缩在角落里也没用，这儿的老主顾都认得你。”在又一轮激烈的争辩中，乙只好为自己的坦诚做出说明：“我认为我是强大的，可是我并不操纵这种力量。我不能操纵它，是因为，尽管我的助手们已经来了，可是还没有到他们的岗位上去，而且永远也不会到那里去的。这是些轻浮的人，尽管他们在不该去的地方转来转去，他们的目光从四面八方向我射来，一切都得我同意，得不断地向他们点头。这样我难道还没有权利说我不是强有力的吗？”

朋友认为，乙的强大是不言自明的，因为许多人都知道这一点，用不着另外加以说明。这一点乙也承认，但他还有另外的看法。他觉得自己的强大力量并不能被自己操纵，也就是说，他的力量在某种意义上不属于他自己。理由是他的助手们并没有到他们的岗位上，他们是自己力量的源泉，是这些助手赋予自己强大的力量，但是这些人并不可靠，他们既在帮助他也在逼迫他，因而，他身上所拥有的一切统治者的强大力量，已经在不断向助手们点头的过程中消耗殆尽。

这是一个关于力量的悖论，你拥有它，并不意味着真正拥有，旁观者看到的一切也未必是真正的事实，一个人的内心生活和他的表面生活存在着巨大的差异。

66. 出门

用孩童的目光打量世界是一种很有趣的方式。卡夫卡经常以一个孩子的身份来叙述。这样的叙述让一些日常生活中的琐事变得兴味盎然。他在一篇作品中谈到一个孩子对父母的决定所持有的看法。一次，一个人来到了他们的家中，以前孩子从来没有重视这个人，然而这个人却开始对他的生活发生影响。

这个人来到他们家一定有什么事情，他和孩子的父母一起进入卧室，一定是商量什么。这时孩子怀着特有的好奇，或者不愿意被人冷落，或者意识到他们商量的事情一定与自己有关，所以他就想要跟进去，但是被家里的女厨挡在了门外。无论他怎样哭闹都无济于事。当他母亲走出来后，他急切地问那位先生想要干什么，母亲告诉他一个令他兴奋的消息，那个人原来是和父母商量出门旅游的事情。孩子非常高兴。但是，父母却一再用各种语言搪塞，总之就是不让他一起去。但是他实在想不通大人们的话：既然所去的地方没有什么好，而且又十分辛苦，为什么他们非去不可呢？

这不过是一件家庭小事，在日常生活中很多人为了阻止孩子和他们做同一件事情，总是要编出各种理由，但是这些话并不能为孩子所认可。这些道理对于孩子来说，既不能被理解，也不能被接受。所以往往不会起到什么效果。最后，唯一的方法是利用孩子的弱小，用暴力或威胁压制他的要求。这很像一个国家、一个集体或者一个公司所做的事情。

67. 崩塌

“我是一座桥，又冷又硬，横卧在一条深涧上，足嵌在这一边，手抓住那一头，躯体被块状黏土牢牢封住。我礼服的下摆在身体两侧飘动。深谷里那条盛产鳟鱼的冰冷的小溪奔腾不息。在这道路崎岖的高山上还从未出现过游客，地图上也没有标出这座桥。——于是我便这么跨着，等待着；我不得不等待，一座已经架成的桥，只要不倒塌，就不能不是一座桥。”卡夫卡在一篇写于 1917 年的小说的开篇这么说。

他借助一座桥的命运来表达生命的孤独感。这座桥所做的一切就是等待，等待有游客来这里，并使自己发挥作用。这是多么偏僻、遥远的地方，连地图上都不会留下什么痕迹，没有什么人知道这里还躺着一座桥。也许这和卡夫卡自己的生活更为相近，这是他生活经验的一部分。等待，寂寞的等待，然后失望直到绝望。他在很多小说中都涉及等待和孤独的主题。在写于 1911 年 12 月 3 日的一篇日记中，卡夫卡用惯有的笔调谈了单身汉的尴尬处境，寂寞和无人理解，以及为了逃避别人的猜疑而遭受的精神煎熬。

“单身汉的不幸，无论真假，很容易被周围人猜出来：以致他——如果他是出于爱好神秘而成为单身汉的——会诅咒自己的决定。当他走来走去时，尽管外衣纽扣扣得整整齐齐，双手插在高高的上装口袋里，胳膊肘呈锐角，帽子掩着脸，一种虚假的、与生俱来的微笑掩饰着嘴巴，正如夹鼻眼镜遮掩眼睛一样，裤子之窄小超过了瘦腿的美感要求，可是每个人都知道他的处境，谁都可以告诉他，他在受着什么煎熬。吹拂他的寒风发自他的内心，朝着他内心注视的是他的双重面孔的另外那悲哀的一半。”

他接着说：“他简直是不停地搬家，但每次总是期待一段时间，有其规律性。他走得离活人越远，他就越感到只需要一个更小些的房间就满足了。当其他人被死神击倒时——即使他们一辈子都是在病床上度过的，尽管由于他们的虚弱，他们早就该倒下了——他们总还会抓住他们所爱的、强壮健康的血亲和姻亲；而他呢，这个单身汉从生命的中途开始便似乎出于自愿地只要求越来越小的空间。一旦他死去，棺材对他最合适。”

卡夫卡可能真实记录了自己的内心苦痛，他不过是借助单身汉这样一个话题，来表述自己对于孤独处境的绝望之情。从他的日记看来，他不会认为这种处境可以通过某种方式得以改变，可能是人的某种宿命。正如这座桥的命运一样，它从建成的时候起就注定要在一个遥远的地方等待。单身汉尚可一次次搬家，以逃避命运的安排，但是桥只能立在那里，不可能移动到别的地方。所不同的是，单身汉的一次次搬迁乃是为了躲避人的目光，而桥则待在一个固定的地点等待着人来。在孤独和寂寞中，没有什么位置是适当的。

一个夏季的傍晚，终于有一个人来了，它听见脚步声越来越近。它兴奋的内心开始感谢这恩赐般的信任，不断告诫自己："桥啊，快伸展你的身躯，无遮无拦的桥架啊，护住这如此信任于你的人吧。让他不平稳的步履变得稳健，在他失去平衡时要挺身而出，像山神一般将他送到对岸。"

但是一切并非它所想的那样。这个盼望已久的行客来了，他用"手杖上的铁尖敲击我，又用它挑起我的衣摆，置于我身上，接着手杖尖捅进了我那灌木丛般的头发，就停留其间，也许他正肆意打量着周围。正当我胡乱地对他做着种种猜测时，他忽然双腿一跃，落在我身躯的正中间，剧烈的疼痛使我禁不住一阵战栗。这究竟是谁？一个孩子，一个梦境，一个拦路抢劫犯，一个轻生者，一个调查人，还是一个破坏者？于是我转过身来想看看他"。

结局出现了——它转过身来——桥在翻身——"我尚未完全转过身来就崩塌了，我往下坠落，裂成碎块，跌进那些在哗哗流水声中始终平静地注视我的锐利的岩石中。"这是一个悲剧结局。一座桥久久等待，最后却等来了一个毁灭者。卡夫卡将一个充满了矛盾的谜团放在我们的面前，一个长久的期待，最后获得的乃是一个悲剧性的终结。一座寂寞、孤独的桥在等待中并没有获得快乐和幸福，相反，它所等到的，是一个生活的毁灭者，这一点竟然在长时间的苦守中毫无察觉。卡夫卡似乎想以这样的故事告诉我们："人比寂寞和孤独更为可怕。或者说，假如你在生活中等待，不如一开始就放弃等待。"

68. 低头

卡夫卡多次谈到自己低头坐着的习惯，在一封信中就曾说："今天，我就这样低着头度过了这个周日，没有不快的感觉。"在小说《诉讼》中也有这样的描写："在一个冬日的早晨——外面下着雪，天光昏暗——K坐在办公室里。尽管才是清早，他还是极为疲惫。为了至少不让底下的官员看出什么，他吩咐侍者，不让任何一个官员进来，因为他正忙着做一件更大的事。可是他并没有工作，只是转动沙发椅，慢慢地推着桌子上的儿样东西，突然停了下来，想也没想，便一任整个胳膊在桌子上长伸开去，低着头，一动不动地坐着。"

卡夫卡这样描述，并不仅仅是因为自己的习惯，他实际上赋予了它一种独特的意义。为什么必须低着头？这是一种闲暇状态，甚至是一种躲避状态。一个人需要在某一个时刻躲避一切，包括工作、友情，甚至亲情、爱情以及人们视为生命价值的思想。需要一种完全的空无，一个时间的空洞，一段中断的空白。只有低下头来才能够实现这一点，一个人待在一个角落还远远不够。也就是说，只有低下头来，才能完全放松，因为这样就可以放弃目光触及周围事物的机会。

卡夫卡还在一幅画作中描写了这种状态。一个人坐在那儿，伸开一条腿，另一条腿弯曲着，大约有 30 度的锐角，保持着交叉的姿势。而他的一只手则搭在膝盖上，头颅依在臂弯里，显得极其沉重，以致压弯了臂膊。这幅画是如此简洁，几乎是一种漫画和素描的结合，但他用这样的方式记录了一种被人忽视了的生活状态。

这可能来源于生命本身携带的性格。在这个世界上，没有真正强大的人，只有表面强大的人。更多的人需要在一个时刻躲避一切，以使自己怯懦的一面得以再现，从而获得生命的完整性。在这里，没有无缺陷的生活，只有无缺陷的时光。

69. 鞭子

“今天一早，空空的两侧有栏杆的小车和车前瘦骨嶙峋、高大的马。为了爬上一道斜坡，车和马使出了最后一分力气，都被奇特地抻长了。斜摆着等着观者察看。马微微抬起前腿，脖子向一边，又向上伸了伸，头上是车夫的鞭子。”

这是卡夫卡写于 1912 年 8 月 29 日的一篇文学随想日记。他为什么描写这样一个场景？可能是一个永恒的谜团。也许这是卡夫卡自己内心生活的写真，或者他联想到了某些现实生活的情形，还是仅仅在头脑中酝酿了这样一幅画面？一切都不得而知了。但是有一点是肯定的，那就是卡夫卡很珍视这一偶然的灵感中得来的场景，为此还为这一场景配插了图画，以说明这一场景的保存价值。

高大的马却瘦骨嶙峋，这是一个劳累的、饥饿的形象。面对一道斜坡，它所能做的就是全力以赴，以致用尽了自己的气力。它从来没有吝惜自己的力气，不然它就不会成为这个样子。它一直处于监督状态，并没有自由可言，它只有拼命地拉车，没有别的选择，甚至身躯都被神奇抻长了。重要的是，它不仅要拉车，还必须被车夫查看自己是否尽了力气，只有这样才能不被惩罚。它的头上永远悬着车夫的鞭子。这是一个被奴役的马的生活，也可能是我们的生活。只不过车夫的鞭子在晃动的同时，能够被马看到，而我们的头上可能有着另一种鞭子。马的车夫只有一个，鞭子只有一根。但是我们的车夫就在我们的四周，它无处不在，有形和无形的车夫，驱赶着我们，使我们不能停下来，因为我们可能面对的是一道更长的、永远爬不尽的斜坡。

70. 睡眠

睡觉是每一个人不可缺少的，每一种动物都有这样的需求。鸟儿一到暮色降临，就要急忙飞回树上的鸟巢——它们需要用很多精力来营造自己的巢，就是为了每一个夜晚有一个好的睡眠。据说，大象是站着睡觉的，它看起来和醒着的时候差不多，这是为了吓唬敌人，还是它从来就喜欢这样，还是它不会自己建造温暖的巢穴？不知道蚂蚁会不会睡眠？

卡夫卡是一个充满了幻想的小说家，事实上他一直处于睡梦状态。他需要梦境的提示，需要不断地在梦中寻找灵感，并将这些梦整理、加工为文学作品。他思考很多问题，最后都转化为梦境中的讲述。我们喜欢将美丽的事物比喻为梦，说明梦是美好的，令人赏心悦目的。当然也有噩梦，让人恐怖的梦，让人胆战心惊的梦，支离破碎的梦，但它是如此短暂，总是可以在醒来的时候化为泡影。卡夫卡从来不愿意生活在现实中，他不得不生活于其中，唯一的办法是，将这些现实生活的各种细节和场景，改编为梦境。

一位法国诗人谈过这样的梦：在这样的梦中有一个人物，但是我看不清楚。因为我若是看得一清二楚，他立即就会改头换面。梦中也有谈话，但听不清楚。我很清楚，我们在谈什么，而且我听见若干字眼，接下来就听漏了。一点儿也不明白详情，这些字眼也没什么意思，尽管一个字母都不少，但是一切在进行，那些谈话仿佛是真的。交谈并没有因为不真实可靠而终止，那里面也没有安装马达。这就是梦的情景。它的意义在于在模糊中进行，它将真实感放到了一片大雾中。

这样他就可以有所躲藏，并将绝望的部分涂上与真正的绝望不同的颜色。所以他不喜欢真正的睡眠，尤其是没有梦境作为陪伴的睡眠。他在一篇日记中写道："这一次，我多次把我的重量驮在背上。"另一次，他又写道："我现在白天睡得很多、很沉。睡觉的时候我的体重更沉一些。"

这意味着，他和我们一样必须睡觉，如果不能睡觉，就无法存在，也就放弃了与之相关的一切权利，包括做梦的权利。但是他不喜欢这种死气沉沉的睡眠，他会感到自己变得更加沉重。关键是肉体的沉重，它将附着于它的灵魂也变得沉重起来。当卡夫卡认为在一个夜晚的睡眠中，就会多次将他的重量驮在自己身上的时候，他的内心深处将堆放多少难以忍受的重量。他还认为睡觉很沉的时候，一定是感受到了一些不可承受的东西，他不愿意让这些东西压在自己的身上。实际上，他更喜欢精神的飞翔，喜欢梦的飞翔，而这一切，只有一个人清醒的时候才可以办到。

71. 杂技

卡夫卡不仅是一位小说家，还是一位风格独特的画家。他擅长用最少的笔墨来记录自己的记忆和思想。他的画作有点儿像中国画，并不追求透视关系和物体的比例，也不注意光源以及其他景物之间彼此映照，他只关心一个记忆的某一个特点，或者发生的事件的大致场景，一个人的一瞬间的一个姿势。他不喜欢细腻的描摹，而是倾向于速写式的记录或者发现事物暗藏的神韵。

他在一幅绘画中采用了最简洁的线条，记录了所看到的日本杂耍艺人进行杂技表演的精彩一幕。如果你没有看到他的日记，也不知道这幅画究竟画了些什么，你可能就不会明白其中的含义。他的画作很像史前遗留下来的很多岩画，有着最纯真而直率的特点，也充满了儿童的好奇心以及独特的审美角度。

卡夫卡的这幅绘画在他的一篇日记中可以看到解释。他说："……在他脚下有两脚所需的地面，他得到的把持仅限于他双手所覆盖的地方，比杂耍剧院里的高空飞人艺术家所拥有的还要少得多，毕竟他们下面还张挂了一张罗网。至于我们其余的人，则是过去和未来的把持者。在几乎所有的闲散的时光中，我们都在让过去和未来平衡地上下摆动着。在我们的职业生涯里，多少时间不就是这样度过的吗？”

他看到了高空飞人杂技节目，看到了下面用于保护演员的罗网，也看到了人们工作的秘密。他发现，相比高空飞人，我们面对现在和未来，能够抓住的东西更少，而且没有任何保护。这种危险一直在我们的内心中飞扬，并令我们感到窒息。即使在闲散的时光中，我们仍然在现在和未来中间摆动。我们的生活从来没有获得真正安宁的时刻。

卡夫卡对杂耍艺人的演出，留下了深刻印象。因而他用画面记了下来，一个场景就意味着一种独特的感受，它就像平静的水面被击破一样，引发一个个波纹，不断扩散。但它总是最后触及生活本身。

在另一篇日记中，卡夫卡同样谈到了杂耍演出。不过，这一次不是谈论高空飞人，而是在一架悬空的梯子上的精彩表演。他说：“……他们在一架梯子上爬，这架梯子不是支在地面上的，而是抵在一个躺着的人竖起的脚掌上，这架梯子也不是倚在墙上，而是悬空的。我不会这一套，更何况连用来支撑我的梯子的那样的脚掌也没有。这当然不能说明一切，这样提问题也不能让我开口回答。但每天按理说应该有一行文字是针对我的，就像人们现

但是他必须前往教堂，因为他还要扮演伴郎的角色。一场正常的婚礼不能缺少这样一个角色。卡夫卡的感受非常独特，他想到了婚礼之外的事情。想到了他即将前往的犹太教堂，犹太民族，信仰，甚至其他。他说："这婚礼总是让我不太舒服，因为对犹太民族来说，至少在我们这里，宗教仪式仅限于婚礼和葬礼，这就让二者无情地靠近在一起，你所看到的简直就是一个日渐消失的信仰的谴责目光。"

这说明，卡夫卡对婚礼怀着矛盾的心情，他既对婚礼充满了向往，又对婚礼怀有深深的恐惧。因为，他踏进这犹太教堂，立即就会把婚礼和葬礼联系在一起。也许他说得对。如果说婚礼代表着人生某一个阶段的终点，那么死亡是真正的终点。从这个意义上说，不仅是宗教仪式将婚礼和葬礼拉近到一起，它们也许本来就相差不远。

73. 赌博

“发现卢采恩的赌博大厅。门票一法郎。两张长桌。真正值得一看的风景只能描述得很低级，因为这些风景就发生在那些等待者面前。每张桌子的旁边正中间都站着一个宣布人，在他的两侧各站着一名守卫。”卡夫卡有一次前往瑞士旅行，在雪山和湖泊相映生辉的卢采恩，他来到了一个赌场。

这个赌场的赌注并不高，每次最多五法郎。它的实际意义并不是赌博，而是瑞士人为了愉悦客人而安排的游戏。按照卡夫卡的描绘，一张桌子用的是球，另一张桌子用的是小马。赌台的主持人身穿半长制服，他会告诉前来参加游戏的客人什么时候开始下注，然后亮出你的赌注。事实上赌注已经设定，已经摆好在桌子上。“赌场的主持人手拿镀镍的木杆耙。他们用这个耙子可以做的事有：把钱拉到正确的格里，一堆堆分开，把钱拉到身边，接住他们扔到赢家格子里的钱。不同的赌场主持人对赢钱机会的影响，或者更准确地说，让人赢钱的赌场主持人就会让人喜欢。在做出共同的决定之前，做出激动的表情，在这个大厅里，人感到孤独。钱（十法郎）在一个平缓的坡面上消失。十法郎的损失还太小，还不足以让人为此继续玩下去，尽管如此，它还是一个诱惑。什么都让人愤怒。”卡夫卡得出结论是，“这一天因这一游戏而延长”。

也许卡夫卡认为这样一个具有游戏性质的赌场，并没有实质意义。无论是赌场的设计，还是主持人夸张的表情，以及主持人手里拿着的镀镍木杆耙，都不过是一场演出的道具。它不过是人们寻找微小的娱乐的手段。看上去还像是一个赌场，实际上乃是一个剧场，这些赌徒仅仅是参与了一场演出。因为不大的赌注不能激发赌徒的那种不可遏止的热情，因而，即使看着十法郎在一个平缓的坡面上消失，也不会让人在这样的赌博中沉溺。

可是，正是这样小小的诱惑，才会引发很多人的好奇。人们渐渐发现，时间在一次次输赢之间逐流而去，无意义的一个个重复的动作，让人们不断地为了五法郎而战，并在一次次诱惑中消磨了漫长的一天。

74. 献祭

一个完整、温暖的家庭，可能成为信仰的障碍。卡夫卡的理由十分充分，他找到了《圣经》里最早的、以色列人的先祖亚伯拉罕用自己的儿子献祭的故事。这一个惊险的、令人震撼的故事，是为了说明亚伯拉罕对上帝的无限忠诚。但在最后一刻，这一极端行为被上帝终止。上帝的测试完成了，亚伯拉罕的真诚赢得了上帝的信任。卡夫卡设想了另一个亚伯拉罕。这个亚伯拉罕如果成为现实，它就不会成为人类的祖先，“就连卖旧衣服的小商贩也成不了”。因为，他听到上帝献祭的要求，按照他对上帝的忠诚，必然马上去做这件事情。

“可是他却无法去献祭，因为他出不了家门，家里离不开他，家计需要他，总是还有什么要安排。他的家还没有建好。可是，家没建好，他就没有依靠，没有依靠，就不能走，《圣经》也认识了这一点，因为它说：他要了自己的家。于是，亚伯拉罕真的事先就应有尽有了：如果没有这个家，他在哪里把儿子养大呢？他的祭刀又该插到谁的身体里呢？”

卡夫卡的意思是，在上帝和家庭之间存在着对立关系，甚至它们之间会发生悖论的循环。没有家庭，就不会将孩子养大，也就不可能用自己的孩子来博取上帝的欢心。可是上帝先让他要了自己的家。家里又有这么多事情要做，他又怎么有闲暇去做献祭呢？他甚至没有多余的时间来响应上帝的召唤。没有其中的一个，就不会有另一个。其中的潜台词是，一个应有尽有的人不会去信仰一个额外的上帝，上帝在这样的生活中完全是多余的。

卡夫卡在给一个朋友的信中，谈了他的设想。这是对《圣经》的重构，是对经典的反叛，是一连串疑问中的另一个假定，或者，他乃是对历史的必然性加以怀疑，甚至有颠覆的冲动。他又说：“第二天：这个亚伯拉罕又想了很多，不过，都是老故事了，不值得一说。尤其是那个真正的亚伯拉罕，事先他已经什么都有了，从孩提时代就引向那里，我看不出有什么突变。如果他什么都有了，而且本该被引到更高的地方，他就一定要，至少看起来是这样，被拿走什么东西，这是合乎逻辑的，不是什么突变。而上面那些亚伯拉罕就不一样了。他们站在自己的建筑工地上，突然要上摩利亚山，可能他们连个儿子还没有，就该献出儿子了……”这是对那个他所虚构的故事的补充说明。卡夫卡试图阐明，一个正在建筑自己的家的亚伯拉罕，不可能完成给上帝的献祭，因为他甚至还没有所要献出的祭品。

也就是说，他即使有对上帝的忠诚，也不能赢得上帝的信任，因为他不可能通过测试，他的一切仍然必须在建立自己的家之后才可以实现，但是等到那个时候，一切似乎为时已晚，上帝已经不会为他安排另一次测试。亚伯拉罕因此将失去作为我们祖先的资格。

75. 报时钟

卡夫卡不仅在自己的小说和其他类型的文章中建立了迷宫似的景象，也不仅仅他的思想笼罩了一层厚厚的迷雾，而且他对于现实生活的认识也是如此。或者说，他眼中的现实生活就是这样：琐碎、繁复、谜一样费解。

他完全是一个在迷雾中穿行的人，在一个清澈的道路上，他也许就不会走路了。卡夫卡看到的世界，是一个秩序感极差的世界，甚至充满了混乱的世界。其中的每一件事情，很少有逻辑关系，但看起来却一环扣一环，又有着惊人的某种联系。这是一个多么矛盾而又曲折、荒诞的世界。

1915 年 2 月，欧洲仍然处于寒冷之中，旷野上积雪尚未消融。但是，阳光开始变得温暖，人们知道严寒就要过去。卡夫卡仍然像以往一样，内心充满了海藻一样的各种纠缠，几乎每一样烦琐的事情都在自己的大脑褶皱中萦绕、盘旋。他给自己的未婚妻写信谈道："……为了我，我的女房东挥发为一个影子，住在我旁边的那个年轻人晚上从店里疲惫地走回来，几步就倒在了床上。尽管如此，这套房子还是小，总能听到门响。女房东整天一句话都不说，就是睡觉前还要和另一个房客耳语几句。几乎听不到她的声音，那个房客还是能听到一点儿。这些墙惊人得薄，我房间的报时钟被我停掉了，对此，女房东很是惋惜。我一走进房间，就直奔那个报时钟过去了。可是，隔壁房间里的钟却越发地响了。我试着忽略那些分钟，可是每到半个小时就敲得异常之响，尽管是有旋律的。我不能扮演暴君形象，要求把这个钟也停掉。即便如此，也无济于事。人总还要窃窃私语的，门上的铃还是要响的，昨天那个房客就咳嗽了两次，今天更频繁了，这咳嗽让我比他更疼。我无法生任何人的气，女房东提前就向我道歉，因为她要耳语几句，而且这也不是个例外，因为那个房客（因为我的缘故）换了一个房间，她要带他去新房间里，还要在门前挂上一个厚门帘。”

从生活习惯上看，卡夫卡喜欢真正的安静，他不愿意任何人或者任何事情干扰这种安静，甚至一个报时钟，甚至一声敲门声，甚至别人的一次咳嗽。他不能忍受任何声音。但是他生活在这个世界上，就必须接受各种声音。为了达到卡夫卡的要求，他的女房东都要变成没有一点儿声音的影子了。可是，他仍然能够听到各种各样的声音，并辨别出它们与世界的各种可能的关系。这些声音干扰了他期望的绝对的宁静，也给他提供了关于世界的信息。这些前后矛盾、混乱的信息，不能使他得出任何可以用逻辑推理的结论，所以他必然在一个迷宫中生活，并用谜一样的方式讲述他的世界。

另一次，他在写给一位朋友的信中说："一件小事，一位客人，一个年轻人，生着病，倒很快乐，在我的阳台下唱上几句或者在我上面的阳台上和我的朋友——一个（斯洛伐克）介绍人，对我关心备至，就像妈妈对孩子一样——聊天，这时，一件小事发生了。我蜷缩在我的躺椅里，几乎痉挛了，我的心脏受不了这个，每一个词都钻到了我的太阳穴里，这场神经伤害的后果是，我夜里也睡不着了。"

过了几天，他又一次给这位朋友写信："我远远没有克服阳台不幸事件给我带来的影响。虽然上面的阳台现在是安静了，可是恐惧让我的耳朵变得更为灵敏，我现在什么都听得见，就连跟我隔着一层楼、四扇窗的造假牙的技工我都听得到。即使他也是犹太人，会谦逊地问好，而且肯定没什么不良企图，对我来说，他简直就是个'陌生的魔鬼'。他的声音让我的心脏难受，这声音有气无力、胶着沉重，尽管很沙哑，却能穿透道道围墙。就像我说的那样，现在我还没有从那次事件中恢复过来，目前，一切都还在对我造成干扰，有时我几乎觉得，干扰我的就是生活，否则一切怎么会这么让我难受呢？"

于是，猜测、虚幻和另一种推理，就充满了他的文学作品。也许这是他创造力的来源。他对这个世界上不能忍受的事情太多了，以至于他想逃离这个让他不能忍受的世界，而躲藏到他的虚幻的文学中去。他的不满越多，他就越是想将自己的头像鸵鸟一样扎到沙漠中。他不能忍受的事情越多，就越是要将这些不能忍受的事情转化为自己的文学虚构和一个个奇特的思想。卡夫卡的小说创作以及其他创作，其一切灵感不是来自他所能忍受的生活，而是来自他不能忍受的生活。

76. 喝酒

我们常常可以看到在某一个酒馆，一桌子人不断地喝酒，并大声说话。其中有一些人可能特别喜欢喝酒，这使他们变得十分亢奋，能够说出平时不可能说出的话，也能够向别人倾吐自己的真实情感和内心所想。喝酒可以让人彻底放松，也解除了来自某些方向的压抑。在城市的各个地方都可以看到关于酒的广告，它被披上诱人的服装，涂上令人不能忘怀的颜色，还有各种形形色色的包装，精美而别致。可是我们一直不知道，是谁发明了酒。

对于人类生活来说，这应该是一个巨大的发明。它甚至影响了人类的历史进程。可以想象，世界上许多重要的决定，来自喝酒之后。尤其是在帝王时代，一点儿酒可能改变一道圣旨、一个命令的内容，甚至改变历史。

我们经常将一个酒徒视为失去理性的象征，很少认真欣赏一个醉酒者的那种激情和迷狂。那是一种人的激情被充分激发的状态，让你看到了酒的能量、酒的燃烧、酒的魔法。它可能代表着人性深处蕴含的潜意识力量，梦幻般的力量。卡夫卡曾经和我们一样，见到或者参与了喝酒，他看到了真正喜欢喝酒的人的另一种譬喻。他在一篇小说中说：“如果我走进酒馆，想一醉方休，我就知道，这一个晚上，我会喝醉的，不过，就是躺倒也以我的方式！”这是一种多么富有个性的姿态。这个人压根儿不喜欢与别人一样，这样就可能把自己和别人混淆，甚至不能辨认出自己。

卡夫卡在另一篇小说中说：“每个月我只有这么一次大的消遣，这么一次自由放任；如果错误地剩下一点儿白酒，监察员的车一走，我就把它喝干，大多数情况下，在酒咕噜咕噜进肚的时候，我还能听到火车发车的信号。对这样一个夜晚的渴望是非常可怕的，就好像我体内还有另外一个人，从我的嘴里伸出头和脖子，大叫着要些能喝的东西。”

在卡夫卡的眼中，这样的酒徒有着难以抑制的欲望。他根本不可能控制自己，因为要求喝酒的不是他自己，而是他的体内还藏着另外一个人，是那个人要喝酒，并且从他的嘴里伸出头来大叫，他又怎能抵御那样的叫声呢？与其说，是那个酒徒不能控制自己，不如说在酒徒的身体里藏着的那个魔鬼不断地作祟，我们又怎能埋怨和指责酒徒的迷狂呢？既然我们不应该对酒徒说点儿什么，更不应该谴责他的嗜好，那么一切就是如此合理，即使是最疯狂的酒徒也是正常的。

实际上，卡夫卡所说的酒徒有着更多的指向，他所说

谁诬陷了他。看来这样的事情是经常发生的，否则人们怎么会出现这样的思维惯性。这里隐含着生活的常态——即被诬陷和被捕，早已经司空见惯。卡夫卡接着写了这种突然性的发生过程："……房东格鲁巴赫太太的厨娘每天都在早晨八点钟左右给他送来早餐，这天却没有来。这可是从来没有的事情。K等了她一会儿，躺在枕头上看着住在对面的那个老太太，她正以一种异样的好奇打量他。他觉得奇怪，肚子也饿了，于是摇响了铃铛。很快便有人敲门，一个他在这屋子里从未见过的人走了进来……"命运就这样突然改变了。这是在多么平常的生活中发生的一幕，正是这样的平常衬托了"突然"。

《诉讼》的主人公就这样出场了，他是一个银行的高级职员，却在他三十岁生日的时候突然遭受厄运的光顾。一切很奇怪。他的被捕仅仅来自法院的看守给他一个通知，后来法院也传讯过一次，但从来没有公布他究竟犯了什么罪——不过可以肯定的是，法院确定他有罪。一切都蒙在一层厚厚的云雾中，他根本不知道发生了什么，也不可能通过什么渠道获得真信息。K开始对自己的被捕感到不解和愤怒，并在法庭上谴责司法制度的腐败和揭露官吏的种种贪腐行为，并决定不理睬这一案子，但心理上仍然感到不安，甚至真的在内心深处有了负罪感。他试图洗清自己的罪，但是聘请的律师总是敷衍，很久都写不出一份抗辩书。他想尽了办法，但仍然不能获得任何帮助。

K发现，法院里的被告并不是只有他一个，而是很多。“法院的差役说‘你就看看这个等候室吧’。这是一个长长的走道，一道道制作粗糙的门通向阁楼的一个个部门。尽管没有阳光照进来，这里并不是漆黑一团，因为有的部门朝向走道这一边没有采用统一的木板墙，而是高至房顶的木栅。于是就有些光透过来，人可以透过木栅看到个别官员。”这些景观式的描述，让人的内心涌起了一阵阵窒息的波澜，压抑，灰暗，荒诞和不安，和这个部门所从事的工作联系在了一起。

重要的是另一番情景让人感到吃惊：“走道的两边有两排长椅。这些人几乎等距离地坐在上面。所有的人衣着都很随意，尽管他们中的大多数从表情、姿态、胡须和许多几乎无法确定的细节来看，属于较高的阶层。由于没有衣钩，他们都把帽子放在了椅子下面，也许是一个跟一个学的。坐在门边的人一看到K和差役，就站起身来问好；其余的人看见了，就认为自己也该这样做，于是当这两个人从他们面前经过时，他们也都站起来。不过，谁都没有完全站直，背弯着，膝盖微屈，就像街头的乞丐一样。K等了一下走在他后面的差役，说：‘这些人被弄得多么低三下四啊。’‘是啊’，差役说，‘这都是被告，您在这儿看到的，都是被告。’‘真的吗？’K说，‘那他们就是我的同行了。’……”

这是怎样的情景！一些甚至有身份的人都变得卑躬屈膝，因为他们都是被告。人们可以说一直生活在被告的阴影之中，他们已经失去了尊严，已经不可能像真正的人那样坦诚自然地活着。《诉讼》里的主人公看到了那么多和自己一样的人，也许他们都是以一种和他一样的方式来到这里的，他们同样不知道自己究竟犯了什么罪，以及为什么会来到这里。即使他们有一天被处决，也不会知道自己因为什么而死去。事实正是如此，这也正是这个倒霉的主人公的结局。这里存在着法律酝酿的巨大暴力，它的模糊性实际上和某种无处不在的权力紧紧相连。卡夫卡用这样莫名其妙的开始和结局，也许在说明世界的荒诞性以及生活的不确定性。他从一个假定陷害的猜测开始，最后也没能通过一系列的事实，来证明自己的假设，当然也不会找到最后的真相。

卡夫卡所诉说的，是一个无真相的世界，一个以法律为幌子却没有任何法律依据，也不需要任何法律依据的世界。他曾谈道："法律是以少数贵族统治我们的秘密之一。"他深信"这些古老的法律被严格地遵守着，但是，依照人们不知道的法律而让人统治着，这毕竟是一件令人痛苦的事"。因而，人们的任何先入为主的假设，都不可能得以求证，一切只能演化为毫无结论的假设——这样的假设主宰了生活的时候，连生活本身也仅仅沦为了一个荒诞不经的假设，无意义的假设。

78. 散步

“我无忧无虑地继续往前走去。但我害怕走艰难的山路，我让人把这条路修得平坦，最后伸向远方的山谷，石头按照我的意愿消失了，风也变得无影无踪了……离公路对面相当远的地方大约与我隔着一条河，我在那里立起一座高山，它那长满灌木的高原直上云霄。最高的树枝上细小的枝条及其摆动我都看得清楚。这样的景象尽管那么平凡，却令我非常愉快，以致我就像站在远处蓬乱的灌木丛中枝条上的一只小鸟，忘记了让月亮升起，月亮已在山后，也许正在为推迟升空而生气。”

这是卡夫卡在他早期的小说《一场斗争的描写》中的一个段落。其中充满了迷离恍惚的激情和诗意。可以说，他基本上是在对一个梦境进行描写。其中的各种意象具有非常隐秘的含义，其中的“我”不仅成为观察者，还是经历者，“我”的眼中所呈现的一切，都显得诡异而神秘。“月亮升起前，清冷的月光蔓延开来，照耀着山冈，突然月亮从一片不平静的灌木丛后面跃出。此时，我正向另一个方向看去，当我再往前看时，一下子就看见了它如何以几乎是一轮满月的姿态在照耀着，于是我目光忧郁地站住了，因为我那陡峭的路好像正是通往这轮令人惊恐的月亮。”

这些描述至少折射出主人公的心理，他既对眼前的景物充满了向往，也对这一切感到恐怖。这很像是一个孩子在暗夜里的心理特点。他感到孤独，无所依托，但是远处的月亮在陡峭的道路上照耀着，让人不能不胆战心惊地往前走。实际上，这样的景物已经和卡夫卡的心境形成对照，一个孤独、寂寞的青年形象。可以看出，尽管月亮那样明亮，山冈、灌木丛笼罩了他忧郁的目光，并将这样的目光放在了更为宽广的范围，以至于失去了视野的边际。这是清晰中的一种迷茫，一种暗示了各种可能的危险性的未来的迷茫。

“但过了一会儿，我习惯了它，镇定地观察着它是多么艰难地往上升。我们互相迎面走了很大一段路后，我十分困倦。我想，这是由于我还没有习惯这样的散步而产生的疲劳的原因。我闭上眼，走了一会儿，大声地、有节奏地击着掌，以此来保持清醒。”在这里，月亮可能暗示着未来，暗示着一个人必将面对的事物，但是，卡夫卡感到的是，他和月亮同时在靠近，他却开始感到了疲倦。

那么在这样一个时刻，那些感受到的事物开始渐渐消失。“星星已经在无云的天空中暗淡下去，月亮像落入波涛汹涌的大海似的也软弱无力地藏入空中去了。山冈已湮没在黑暗中，公路破碎地结束在我转身爬向山坡的地方。我听见树林深处传来了由远而近的树木倒下的噼啪声。我现在本能地想一头倒在苔藓地上睡上一觉，但是我惧怕在林地上睡觉，便向一棵树爬去，胳膊和腿环抱着树干飞快地向下滑落，虽然没有风，树干却摇晃不定。”

远景中最明亮的事物的消逝实际上中断了一个散步者的前途。这是绝望的表现，浓烈的绝望情绪弥漫于林间，他所看到的和听到的，都是绝望的，无论是树木倒下的声音，还是公路破碎的结束，以及树干的摇晃不定——他完全处于一种孤立无助的状态，在一棵树上的攀爬和滑落，都失去了意义，他的“心绪中的一只小松鼠竖起尾巴，坐在树枝颤动的一端晃动着”。这是一种警觉的状态，惊恐的状态，毫无安全感的状态。

每一个人都是夜晚的散步者。在这样暗淡的路上行进，从明月高悬到远景的逐步消散，都是这样。虽然在每一个具体生命的历程中会发生不同的细节，但是都有相似的一面，都会发现自己是一个在时间中的散步者。就像卡夫卡所说：“我迅速站起来，心情万分痛苦，因为现在看来，我不可能摆脱烦恼。我已经转过身去，正要离开这个地方，回复我原来的生活方式，突然我起了这样的念头：‘在我们这个时代，显贵们以这种困难的方式被运载到冥河那边，这是多么奇怪呀。除了说这是一种陈旧的习俗外，别无其他解释。’”

晚上我在朋友家聚会。正好我在煤气灯光下向一位小姐鞠躬致意：‘我真的很高兴，冬天离我们越来越近了’……‘我一点儿也不欣赏你说的话，’她说道，‘您说的话都很无聊和不可理解，因此也是不真实的。我想，亲爱的先生——您为什么总是称呼我亲爱的小姐呢——我想，您之所以没说真话，是因为说真话太费劲了。’上帝，这下我的兴趣来了！‘是的，小姐，小姐，’我几乎叫了起来，‘您说得多么正确！亲爱的小姐，您明白吗？如果有人能够出乎我的意料，理解我所说的话，这是一种真正的快乐。’‘说真话对您来说真是太费劲了，先生。瞧您这副模样！您的整个身材像是从棉纸上剪下来的——从黄色的棉纸上剪下来的剪影，您一走路人们就会听到您发出的沙沙声。所以对您的态度或者意见发火是不公平的，因为您必须随着屋子的穿堂风弯腰曲背。’‘我不明白您的话，屋子里站着好几个人。他们或是把胳膊搭在椅子上，或是倚在钢琴上，或是犹豫不决地把玻璃杯送到嘴边，或是怯生生走到隔壁房间里去。当他们的右肩在黑暗中碰到柜子上受了伤时，他们就会站在打开的窗户前喘气，想道：那儿是金星维纳斯，可我正在这儿聚会。如果说这两者之间有什么联系，那么我不明白这是一种什么联系。但是我连这是否有联系也不知道。——您瞧，亲爱的小姐，从所有那些不明了自己的行为举止又那么犹豫不决而又可笑的人中，我觉得只是我很荣幸地听到了对我的评价。

为了使这个评价也充满愉快，您便用嘲弄的口吻说这些话，虽然还有所保留，但就像一所内部被烧毁而重要的四壁还存在的房子一样。现在目光几乎不受任何阻碍，人们通过窗户的大窟窿，白天观看天空的云彩，夜间观看星星。那云彩常常从苍白的星星身边溜走，而众星构成了自然的图景。——如果出于感激我向您吐露真心话怎么样？所有那些想活下来的人，他们的外表将会和我一样，像从黄棉纸上剪下来的剪影——正如您所说的，他们一走路，人们就会听到他们发出的沙沙声。他们与现在将会没有不同，但他们会变成这副样子。即使您，亲爱的小姐——’这时我发觉，这位小姐已经不坐在我的身旁。她一定是说完最后一句话就走开了，因为她现在站在离我远远的一扇扇窗户前，被三个穿着白色高领衬衫的边说边笑的年轻人围着……”

这简直是一些梦呓般的对话，烦琐，复杂，拗口，甚至很难找到其中的逻辑线索。但是，卡夫卡需要这样的效果，也需要通过这样的方式让我们仔细品味其中的意义。为什么在别人看来，一个人会成为棉纸上剪下来的剪影？剪影的特点是缺乏细节，它仅仅展现一个人的轮廓。每一个人的轮廓的区别很小，一眼看上去并不能很好地给予确认。也就是说，这个人大致是模糊的，不准确的。一个不说真话的人，就会给人以这样的印象。并且，没有说出真话的原因，可能是“随着屋子的穿堂风弯腰曲背”，也就是说他因为受到了外在条件的某种影响，被迫地没有说出真话。

卡夫卡的论点是，这些看起来正确的原因实际上是表面的，真正重要的是表达。在一个屋子里有很多人，他们都有不同的姿态，以及不同的性格，对于同一个问题不会有同样的表达，甚至可能根本就不会表达。即使有人说出了内心深处藏有的真话，也未必可以理解，人的内心深处的逻辑关系和语言构成的逻辑关系并不相同，这是我们有时说出真话的时候连自己也不能理解的原因之一。既然自己都不能理解，别人又怎能理解？

然而就在这个人继续对一位小姐谈论自己的理由时，那位小姐早已离开了他的身旁，“站在离我远远的一扇扇窗户前”，显然，她已经厌倦了这样的谈话。卡夫卡对于这一场景的设置和这样的一连串的谈话，实际上否定了人类交流和沟通的能力，从本质上说，每个人的差异是绝对的，这种差异不可能因交流和沟通而克服，因而交流和沟通从某种意义上是不可能的，一切语言不过是一种修饰，一个人为了填充剪影的细节所做的一种努力。真话仅仅是人们的一种期望，甚至是奢望，它既不能说出来，也不可能说出来，所以真话只能埋藏在内心深处的一个秘密角落，连自己也未必可以理解——因而，正是这些真实的东西以这样的方式，守护着每一个人的奥秘。

80. 分手

“如果我遇到一个漂亮姑娘，对她说‘求求你，跟我走吧’，而她却一声不吭地走了。”这是卡夫卡设想的一幕。一场戏剧的开场白，但也是戏剧的全部内容。这就像数学中的一道代数题，简单、果断、题旨鲜明。它仅仅告诉你一个假设，一个X，剩下的就是你的事情了。你需要一步步推理，一步步求解，绞尽脑汁才可能完成作业。

卡夫卡在一篇名为《拒绝》的短篇小说中不断对这一漂亮姑娘一声不吭的离去，进行各种猜测。他认为，虽然她一声不吭，但并不是什么也没说，而是用这样的方式告诉了对方什么。这样的一声不吭已经表述了她的心迹。沉默不是无言，也许是更为丰富的语言。因而一声不吭可能是含蓄的语言，多重含义的语言，模糊的语言，或者可能还是更为明确的语言，它是可以解读、破译的。

卡夫卡在这里的猜测是：“你不像公爵那样赫赫有名，你不像魁梧的美国人那样拥有印第安人的体魄、宁静如水的眼睛以及被草场的空气和流过草场的河流所抚摩的皮肤，你没有去海上旅行过，你没有去过那些我说不出在哪儿的山川。那么请问，为什么我，一个漂亮的姑娘，应该跟你走呢？”

那么，既然她的语言已经掷了过来，那就也该获得回答，一个恰当的、具有针对性的回答。“你忘记了，没有车载着你拖着长长的尾巴摇摇晃晃地穿过街巷；我没有看到那紧贴着你的裙裾，嘴里嘟哝着对你的祝词，围成精确的半圆跟在你身后的崇拜者；你的双乳被紧身胸衣装束得不错，可你的大腿和臀部却没有受到那种束缚；你穿着一种打了褶的府绸裙子，去年秋天它曾给我们每个人带来了欢乐，而且你还在不时地微笑——这是身体上的致命危险。”

这是两个人的对话，意味深长的对话，一个男子和一个漂亮姑娘的对话。对话从一个男子的爱慕和求情开始，现在也应该到了终结的时候。一个默默无声转化为两个默默无声。男子对漂亮姑娘一声不吭的解读乃是出于被拒绝之后的自卑感，他没有一切外在的条件可以获得姑娘的爱慕，既没有名声，也没有健壮的印第安人一样的体魄，也没有美丽深邃的眼睛，还缺乏漫游四海的履历，自己用什么来吸引姑娘的目光呢？他从对方的姿态上已经看出了一切，已经看出了否定的回答。

他只能用自己内心的语言，对已经像云彩一样飘过身边的漂亮姑娘谈谈自己的另一种看法。他认为，这个姑娘也没有引发骄傲的足够理由。车、紧身的裙裾、背

82. 摆脱

“要想摆脱一种恶劣的情绪，只要尽力去做，还是不难做到的。”卡夫卡就像他的其他作品那样，先提出一种看法，然后开始对这一个看法不断提出质疑，最后实现了否定。写于 1912 年的这篇叫作《决定》的文章，就是这样。他既然有了这样的想法，就开始实施，“我从椅子上站起来，绕着桌子跑，一边活动着头部和颈部，一边定定眼神，放松放松眼睛周围的肌肉。我压制着自己的感情，如果 A 此时此刻到来，我会狂热地欢迎他，我会友善地容忍 B 在我的房间里待着，大口大口地吞下 C 所说的一切，尽管我感到痛苦和费力”。

他用这样的方式摆脱自己的坏心情。为了达到这样的目的，他甚至可以容忍自己平时不能容忍的事情。包括 A、B、C 的一切。这样真的能够摆脱恶劣的情绪吗？另一个事实开始否定这种做法的合理性。他认为，“即使这样下去，随着一个难免的错误，一切轻的和重的，都将停滞，而我将不得不在圈子里再转回去”。也就是说，他在容忍曾不能容忍的一切时，这一痛苦将把已经消除了的恶劣情绪重新引回到自身。

“所以，最好的主意仍然是忍受一切，像一件笨重的东西那样，如果感觉自己被吹走，也绝不因诱惑而迈出不必要的一步，用动物的眼光观察别人，不感到后悔，简言之，用自己的双手压倒生命所遗留的幽灵，也就是增加最终坟墓般的寂静，而不许除此之外的其他之物继续存在。”卡夫卡实际上已经承认，一切恶劣的情绪是不可能摆脱的，因为摆脱一样坏情绪的时候必然会带来另一样坏情绪。所以最好的方法，就是不要故意摆脱这样的坏情绪，而是像一件笨重的东西那样，采取等待的姿态，并在这种恶劣的情绪中深深地沉溺下去，直到绝望的寂静。

83. 愿望

卡夫卡曾经写过一篇《成为印第安人的愿望》的短文，充满了幻想，甚至是迷梦般的幻想。他想告诉人们，或者是提醒自己，一切愿望都和虚幻等同。他这样写道："要是我成为一个印第安人，我马上准备骑上飞奔的马，腾云驾雾一般，在震动的大地上不断急促地颤抖，直到我放松马刺，因为没有马刺，直到我放松缰绳，因为没有缰绳，当我刚刚看到眼前的田野是一片被割得光秃秃的荒地时，就已经没有马头马颈了。"

他首先说明了自己的愿望，但是愿望的意义仅仅是一个不可预料的假设，假设仅仅是思想的产物，而不是实际存在。所以愿望的开头是令人兴奋的——一个印第安人骑着快马飞奔，大地在后退中不断颤抖，但是，当你试图抓住某种真实事物的时候，什么都没有，很快愿望就沦为一片苍茫。你会发现，你想使这匹马放慢脚步或者停下来的时候，实际上既没有马刺，也没有缰绳，当然也不会有马头马颈，只有眼前收割之后的一片光秃秃的田野。这意味着，愿望的背后隐藏着虚幻，虚幻的背后隐藏着虚无，虚无的背后隐藏着绝望。

然而，我们却不能没有愿望。没有愿望的人等于断灭了未来的人，他将无法找到今天生活的意义。因而，愿望可能是绝望的装饰品，它用最为华丽的、令人振奋的梦幻，代替了真实，并掩盖了它下面埋藏的虚无。最为残酷的是，愿望是不能被戳穿的，它决不能展示它的另一面，那样，我们将无法生活下去。

84. 噪声

卡夫卡喜欢寂静，难以忍受喧闹的环境。他在很多文章和给朋友的书信中谈到这一点。这也许是许多热爱思考的人的共同偏好。也许会有喜欢热闹的人，他借助热闹的场景解除自己内心的寂寞和驱除某种因空虚而产生的烦恼，但很少有人愿意长时间地待在喧嚣的地方，因为喧嚣会把一个人放置在虚无的旋涡中，喧嚣抵消了所有的意义，并让我们放弃一切思考以及失去灵魂。

卡夫卡几乎不能容忍喧闹的生活，但是偏偏喧闹是生活的基本特征之一，你要接受生活，就必须接受生活的特征。他越是不想生活是什么样的，生活就越是用什么样的方式说明它的存在。因而，"我的房间是整个房子噪声的中心。坐在这里，一扇扇门的撞击，一声声传入耳中，它掩去了夹杂其间的脚步声，可以听得见厨房里灶门啪的一声关上的声音。父亲拖着睡袍，冷不丁从我房间的哪个门进来；隔壁在哧哧地刮煤灰；瓦里在问父亲的帽子收拾干净没有，喊叫声一字一句地穿过前厅；一句压低的想取悦于我的声音，却又引来吵吵嚷嚷的回答，门被推开了，那声音就像从长有黏膜的嗓子眼儿冒出来似的；随着门扇的开启，又变成了一个女人的歌唱；最终咚的一声，以沉闷的、听来最肆无忌惮的男声结束。父亲出门了，接下来是两只金丝雀更柔和、更无精打采、更绝望的聒噪。以前我就动过一个念头，现在这两只鸟又让我想起来了：我是否应该把门开一道缝，像蛇一样爬进隔壁屋里，匍匐在地上，请求姐妹们和她们的女仆给我以安宁”。

可以想见，这一切都是正常生活的景象。没有无声的生活，生活中的一切细节都会发出声音，事实上，生活就意味着人与环境的接触和交换，它必定在这一过程中释放自己的信息，声音是其信息方式之一，因而，声音的发生不仅是生活的特点之一，还是生活的象征。这就让卡夫卡感到绝望。他不能在一个完全寂静的世界上生活，完全的寂静意味着死亡。这就转变为另一个问题，选择喧嚣还是寂静，实际上是选择生活还是死亡。因而，这等于没有选择，或者别无选择。

85. 陌生的

人之所以被自己看作万物的灵长，就是认为自己比任何动物更加灵巧，也更有思想。迄今为止，我们创造了多少奇迹，发现了多少奥秘。我们借助自己的创造物能够在天空翱翔，在云层以上俯视苍茫的云海，重新窥视我们所居住的家园。我们也能够潜入深海，和游鱼以及其他海生动物为伍，共同领略海底世界无与伦比的丰富和辉煌。人类灵巧的双手制造了多少令人震惊的机械、电子、化学产品，并对未来有着美好的憧憬。这一切都令我们感到骄傲，甚至改变了对待大自然的态度，傲慢地对待我们身边的事物，再也不会用卑微的眼光、敬畏的眼光打量世界。

卡夫卡在自己的文学作品中经常表现的却是另一种人类形象——笨拙、混乱、狼狈不堪、无能和深深的自我怀疑。他在一篇名为《村子里的诱惑》的小说里是这样写的："我不愿单独留在这里，我的睡意现在已经消失了，虽然我还迟疑了一会儿，我觉得我在过多地干预这一家子的事，他们没有一个人曾对我表示出很大的信任，但是最后我还是去追孩子们了。我听到他们笨拙的脚步声就在前面，可是在漆黑一团中，在不熟悉的路上，我时常差点儿被绊倒，有一次甚至头撞在墙上，撞得很疼。我们走到我曾遇见的那两位老人的房间里，房间里没有人，穿过那一直开着的门，看到在皎洁的月光下的园子……我还得继续跑下去，我的帽子、手杖和背包都还在顶楼上呢。”

在小说《变形记》中，人就更加笨拙了，他变成了一个大甲虫，“将被子掀掉并不难，他只需胀大肚子，被子就会自动滑下，不过下一步就难了，特别是因为他的身躯非同一般的宽，想坐起来就得用手和肘来支撑，但他只有好多细小的腿，它们不停地乱动，而他又控制不住它们，当他想屈起某一条腿时，这条腿首先就是伸直；如果他成功地让这条腿听自己指挥了，这时其他的腿也就都好似被释放了，痛苦地在极度兴奋中扑腾起来……起初，他想下半身先下床，可是他还没见过下半身，想象不出它是什么样子，结果它是那么难以移动，整个进度十分缓慢，简直快把他弄疯了。最后，当他不顾一切用尽全力向前冲去时，他选错了方向，重重地撞在床尾的柱子上。身上的灼痛让他明白，目前他身体最敏感的地方也许就是他的下半身……”

人实际上是多么笨拙呀。他甚至不能控制自己的身体。他既不熟悉自己，也不熟悉自己周边的环境，世界总是以陌生的一面出现，就像月亮总是将一面对准我们。我们在某种程度上，并不比大甲虫好多少。生物界的大甲虫完全可以协调地控制自己的每一条腿，可以迅捷地转身，并毫无忌惮地奔跑。然而我们的笨拙不仅仅是身体上的，我们的内心世界中就存在不能自我控制的部分，这很容易造成生活混乱的一面，不是撞到这里，就是忘记了背包和手杖，我们只有意识到这一点，才能面对万物保持自己卑微、谦逊的姿态。我们的每一天都是陌生的，我们的环境永远是陌生的，我们所做的每一件事情都是陌生的，既然如此，在这样的陌生中，我们所能展现的，只有令人可笑的笨拙和愚蠢。

86. 晴朗的日子

卡夫卡的作品大多是梦幻一样扑朔迷离的，他无时无刻不是生活在梦中，他事实上已经将人生视为一场长梦了。在许多中国古代文学作品的描写和表达中，人生短暂而虚幻，具有梦的特点，甚至完全可以与之等同。只不过，这是一个漫长的睡眠中的梦，它似乎只有幻灭，没有短暂睡梦的那种觉醒。卡夫卡专门写了一篇《梦》，绘声绘色地描绘了一个梦。

这篇写于1914年12月的小说，一开始就说："约瑟夫·K做了一个梦。"卡夫卡没有绕弯子，在这儿，他愿意开门见山、开宗明义。因为重要的不是开头的技巧，而是一个梦，他急于进入那个梦。"一个晴朗的日子，K想去散步，可他还没走两步就已经到了墓地。那里尽是一些很不自然、很不便利的弯路，可他却在这样一条路上滑行着，就像用一种沉着、漂浮的姿态在湍急的水面上滑行一样。老远就有一座刚刚堆起的坟丘映入他的眼帘，他本想在坟丘附近停下。这座坟丘对他来说简直就是一个诱惑，而且他认为，简直无法再快地到达那里。但有时候他几乎看不见坟丘，坟丘被旗子遮住了。旗子飘忽不定，猛力地互相打着；看不见旗手，不过那里响彻一片欢呼声。”

这是一个梦开始时的细节，在我们的日常经验中，很少有某一个梦这样清晰和完整。地点、场景和人物甚至都是破碎的、不断变化的、不确定的。但是，卡夫卡的这个梦有着形式上的完整性。一个人的一次偶然的散步，竟然和坟丘联系在一起，还听到了一片旗帜中的欢呼声。这无疑有着强烈的暗示意义。

没想到，他竟然很快就摇摇晃晃到了那个坟丘旁，就像脚下飞驰一样。坟丘后面站着两个男人，他们举着一块墓碑并将之插入土中，“它就像牢牢砌着似的立在那里了”。第三个人很快出现了，他已经认出这个人是一个画家，“他只穿着裤子和一件纽扣马马虎虎扣上的衬衫，头上戴着一顶天鹅绒便帽，手里拿着一支普通的铅笔”，这个画家开始往这个很高的墓碑上写着金色的字母：“这里安息着……”而且这个画家一边写一边经常转过头来看看散步来到这里的K，他俩交换着无可奈何的目光，好像他们之间存在着巨大的误解，甚至画家写的第一笔对K来说就是一个解脱。

最后的结果是，画家差不多就要写完的时候，愤怒地用脚踩踏坟墓，泥土四处飞溅。K理解了画家所做的一切，却没有时间道歉了。他用自己所有的手指开始挖掘，“大地几乎不予抵抗，一切好像有准备似的，薄薄一层地壳只是装装样子而已；地壳下面随即出现了一个大洞，坑壁向下倾斜，一股平缓的气流吹得他仰面倒下，落到洞中。在洞里，他仍然伸直脖子把头向上仰，当他已落到深不可测的深处时，洞的上面，他的名字正在用巨大的花体字刻到墓碑上。这情景使他心醉神迷，这时他醒来了”。

卡夫卡从一次漫不经心的散步到对坟丘的发现，以及发生的一连串事情，一直暗示着死亡的临近。死亡有着不可捉摸的诱惑，或者是无可奈何的诱惑，所有的人，无论是两个将墓碑插入土中的男人，还是感情脆弱的画家，都在为这一不可避免的事情做准备。那些欢呼声，让K不能抵御这样的诱惑，画家写到墓碑上的第一笔，竟然让他感到了解脱的快慰，到了他落到洞中的时候竟然感到心醉神迷。这一切发生在梦中，当这一切完成的时候，这个梦也就结束了，选择在此时结束，实际上旨在呈现更大的悬念。这对人生有着某种象征意义，也就是说，我们所做的一切，不过是一次梦中的散步。人们从出生开始就朝着坟墓疾驰，这是一辆卸掉了刹车的快车，一条可能弯曲也可能笔直的缓坡，因而人们的每一个梦，都是一次发动机的巨大轰鸣，都是一次婉转、优雅的死亡练习曲。

87. 怪兽

中国文化传统中有很多瑞兽，它们分布在各种建筑物或者宫廷中，承担着人间寄予的种种不可思议的责任。每个民族几乎都绘有一些怪兽参与自己的事务，这可能是狩猎时代遗留下的风俗。有一些是曾经存在过的野兽，我们的祖先也许见过它们，有一些可能是一些原始部族不断加工、混合而成的图腾，曾经是他们的象征。这些大大小小的怪兽，冥冥之中保佑着人们，它们各有分工，似乎已经成为神灵的一部分，或者从规格上说，仅次于神灵，但它们有着神灵的神力。

相传春秋时代叔孙氏在旷野狩猎，获得一头怪兽，不知道究竟是什么野兽，觉得打到这样的野兽不很吉祥，就将它弃于荒野。有人告诉孔子，并描述了这头野兽的模样，孔子亲自前往观看，才知道这头野兽是麒麟。孔子当时就热泪沾襟，泣不成声。他为麒麟写下了悲伤的挽歌：唐虞世兮麟风游，今非其时来何求？麟兮麟兮我心忧。他认为麒麟这样的瑞兽只有遇到昌盛的时代才出现，现在却被人射杀，他预感到一个时代将要结束了。此时孔子刚作完《春秋》，从此搁笔。于是，“获麟绝笔”的故事广为流传。

卡夫卡在一篇奇特的小说中专门描写了一种怪兽。这种怪兽一半是猫，一半是羊，十分怪异。小说声称：“它是我从父亲那里继承来的，但是变化还是在我拥有它的日子里才有的事。以前，羊的成分大于猫的成分，现在变成猫羊各半了；猫头猫爪，而大小和外形则像羊。眼睛、兽毛、动作则既像羊又像猫。眼睛闪烁不定，满是凶意，兽毛平贴在身上，动作既像跳跃又像蹑步。阳光下，它在窗台上蜷成一团，呼噜有声。在草坪上，它放开四足，狂奔难禁。它见猫就跑，却喜欢攻击羊。在月光下，屋檐是它最喜欢的道路。它不会喵喵地作猫鸣，看见老鼠就害怕。在鸡窝旁，它可以埋伏几个小时，不过却从未真正利用过一次作案机会。”我们很难知道，这究竟是一个什么怪兽。不过，它的外形和习性，卡夫卡已经为我们描述得十分详尽，甚至已经呼之欲出了。

可以看出这头怪兽的一些显著特点。（1）它一半是猫一半是羊；（2）它是继承来的，它的从前的从前，我们已经不得而知了；（3）它既温驯又有凶意，兼有两种动物的性格特征；（4）它见猫就跑，却喜欢攻击羊；（5）它见了老鼠就跑，显然已经失去了猫的特征；（6）在鸡窝旁，它可以埋伏几个小时，不过却从未真正利用过一次作案机会，它仍然有着猫的习惯动作，但已经演化为一种仪式，不会动真。

这样，我们基本上了解了这头怪兽——它是两种动物的混合体，有着两种动物的特点，至少外貌上显现出来的特点是这样。两种完全不同的，甚至对立的东西混合在一起，意味着它是一个矛盾体，一个食肉动物和一个食草动物习性同时存在，但是这个矛盾体既没有强调其中的任何一面，也没有完全改变它们。相反，它们各自攻击或者害怕自己原先的同类，它见猫就跑，却喜欢攻击羊。如此，两种动物经过混合以后，双方都在冲突中减弱了对方，实现了一种难以置信的调和。它既善良温驯，又面露凶意；它既想伏击鸡窝里的鸡，又不会真正下手；它连捕捉老鼠的习性都已经丧失，甚至已经害怕老鼠了。

卡夫卡借用这样一种怪兽，试图映照我们身上存在的人性。也许还有我们的文明和传统。我们已经是一种混合物，既不是这样，也不是那样，我们经常不知道我们的真实模样。我们可能正是一种调和的化身，一种充满了矛盾冲突的怪兽，在我们的灵魂中越来越使各种原先组合的东西失去了它们的特征，变得胆怯、捉摸不定、犹豫不决并经常攻击或者害怕我们原先的质朴的灵魂。卡夫卡借了孩子们的嘴巴，提出了一连串问题：为什么会有这样的动物？为什么恰恰是我拥有它？过去是不是有这样的动物？它死后又将变成什么？它感到寂寞吗？为什么不生崽？它叫什么名字？……这些问题可能永远没有答案，它将永远成为一个谜。因为，它与我们联系在了一起。

那么，这样的怪兽能否让它消失？卡夫卡说："也许屠夫的刀子使这只兽得解脱，但是因为是传家宝，则不得加之以刀斧，所以要等到它寿终正寝的时候，尽管它有时候用眼睛盯着我。就像有理智的人一样，似乎让我做出理智的行为。"看来，这个怪兽可能成为人类理智的譬喻，它既在我们的灵魂里寄居，它的目光也一直在我们的灵魂中扫射，使我们在拥有一个千疮百孔、矛盾重重的灵魂的时候，也拥有一个腐烂、绝望、孤独和迷惘的前途。